GUY DE MAUPASSANT

CONTES DU JOUR ET DE LA NUIT

Chronologie, introduction
et archives de l'œuvre
par
Roger Bismut

GF-Flammarion

ISBN 2-08-070292-0

CHRONOLOGIE

1846 *(9 novembre)*: Laure Le Poittevin, sœur d'Alfred, l'ami intime de Flaubert, épouse à Rouen Gustave de Maupassant.

1850 *(5 août)*: Naissance au château de Miromesnil, commune de Tourville-sur-Arques (Seine-Inférieure), de Henry René Albert Guy, fils de Gustave de Maupassant et de Laure, née Le Poittevin. Des doutes ont été émis quant au lieu réel de naissance, en raison d'une divergence entre l'acte de naissance, enregistré à Tourville, et l'acte de décès, qui donne Guy « né à Sotteville, près Yvetot ».
(20 août) : L'enfant est ondoyé dans la chapelle de Miromesnil.

1851 *(17 août)*: Baptême dans l'église paroissiale de Tourville-sur-Arques.

1854 : La famille s'installe au château de Grainville-Ymauville, près de Goderville (arrondissement du Havre).

1856 *(avril)*: Naissance d'Hervé, frère cadet de Guy.

1857 : Les parents de Guy se séparent. Laure se retire avec ses enfants à Étretat, à la villa *Les Verguies*.

1863 : Guy est admis en 6e dans l'Institution ecclésiastique d'Yvetot, où il séjourne jusqu'en seconde. Indiscipliné, et d'ailleurs peu mystique, il s'y déplaît, et fait plusieurs fugues.

1864 *(été)*: Pendant les vacances, Guy porte secours au poète anglais A. C. Swinburne, qui se noyait.

C'est l'origine d'une longue amitié. Conduit par Swinburne chez un autre Anglais, il remarque, pendue au mur, une main d'écorché, dont l'Anglais lui fait présent. Cette main lui inspire trois écrits : *L'Anglais d'Étretat*, publié dans *Le Gaulois* du 29 novembre 1882; son premier conte, *La Main d'écorché*, paru dans *L'Almanach lorrain de Pont-à-Mousson* (1875), sous la signature de Joseph Prunier (son premier pseudonyme); et un second conte, *La Main*, qui fait partie du présent recueil.

1867 : Il est expulsé de l'Institution d'Yvetot, pour une épître trop leste, saisie par ses maîtres. Il termine sa seconde à la maison, et entre en octobre en rhétorique au Lycée de Rouen.

1868 : Comme élève de rhétorique, il a pour correspondant Louis Bouilhet, poète de talent, et ami de Gustave Flaubert, chez qui Guy fait à Croisset de fréquentes visites.

1869 *(18 juillet):* Mort de Louis Bouilhet.
(27 juillet): Au terme de son année de philosophie, Maupassant est reçu bachelier.
(novembre): Il part pour Paris où il commence des études de droit.

1870 : Guerre avec la Prusse. Mobilisé, Maupassant est versé à l'Intendance divisionnaire de Rouen.

1871 *(septembre):* Il quitte le service, en se faisant remplacer.

1872 *(20 mars):* Après plusieurs démarches, Maupassant est admis à titre provisoire, et sans salaire, au ministère de la Marine. Il y exerce des fonctions à la bibliothèque.
(17 octobre): Il est muté, comme surnuméraire, à la Direction des Colonies du même ministère.

1873 *(1er février):* Il est nommé à titre intérimaire comme rédacteur au même ministère, et perçoit 125 F d'appointements mensuels. Début des amitiés des bords de Seine : le groupe des Cinq (Céard, Robert Pinchon, Léon Fontaine, A. de Joinville, Maupassant). Il tirera parti dans ses Contes, de sa double expérience de bureaucrate, et de canotier.

1874 *(25 mars):* Maupassant est titularisé, avec augmentation d'appointements.

1875 : Premiers essais littéraires (voir plus haut).
(13 avril): Représentation, devant Gustave Flaubert et Tourguenieff, de *A la feuille de rose, maison turque*, énorme gauloiserie, dont le titre est par lui-même un rappel du dernier (ou plutôt du premier) épisode de *L'Education sentimentale*. Les membres du *Groupe des Cinq* se partagent les rôles, masculins et féminins.
Il compose *La Trahison de la comtesse de Rhune*, drame moyenâgeux, qui restera inédit pendant cinquante ans, et une petite comédie de salon, *Une répétition*, qui sera jouée le 6 mai 1904 à Rouen.

1876 *(20 mars): La République des Lettres*, dirigée par Catulle Mendès, publie un poème licencieux, *Au bord de l'eau*, signé Guy de Valmont : c'est le nouveau pseudonyme que prend Maupassant.
Rencontres, chez Mendès, avec Mallarmé, Léon Dierx, Villiers de L'Isle-Adam.
(octobre): Séjour à Antibes. *(23 octobre):* Publication d'un article : *Gustave Flaubert*, dans *La République des Lettres*, signé Guy de Valmont. Débuts au journal *La Nation.*

1877 : Maupassant obtient de l'avancement au ministère de la Marine, et passe à la Direction du matériel, puis à celle du personnel.
(16 avril): Réception, au restaurant Trapp, organisée en l'honneur de Flaubert, Edmond de Goncourt et Zola, par leurs disciples : P. Alexis, Hennique, Huysmans, Céard, Mirbeau. De ce repas, date la naissance officielle du Naturalisme, et du groupe qui, en 1881, prendra le nom de *Groupe de Médan.*
(août): Maupassant obtient un congé pour prendre les eaux à Louèche, station thermale suisse, proche de Sierre et de Sion. René Dumesnil (*Guy de Maupassant*, Coll. *Ames et Visages*, Armand Colin, 1933) commente ainsi cet événement (p. 118, note 1) :

« *Naturam morborum curationes ostendunt...* » Pourtant, dans une lettre à Flaubert, du 21 août 1878, et publiée par Pierre Borel dans *Lettres inédites de Maupassant à Flaubert* (Éditions des Portiques des Champs-Elysées, Paris, 1929), Maupassant précise : « La Faculté croit maintenant qu'il n'y a rien de syphilitique dans mon affaire, mais que j'ai un rhumatisme constitutionnel qui a d'abord attaqué l'estomac et le cœur, puis en dernier lieu la peau » (*op. cit.*, p. 37). L'avenir devait montrer que la Faculté s'était trompée.

1878 : Maupassant emménage rue Clauzel. Il continue à se plaindre de sa mauvaise santé.

1879 *(4 janvier) :* Sur l'intervention de Gustave Flaubert auprès du ministre de l'Instruction publique, Agénor Bardoux, Maupassant est muté de la Marine à l'Instruction publique...

(mars) : Jules Ferry succède à Bardoux; il accorde une pension à Flaubert, dont la situation matérielle s'est dégradée depuis qu'il a dû vendre la plus grande partie de ses biens pour sauver de la faillite Commanville, mari de sa nièce Caroline.

(septembre) : Palmes académiques.

Maupassant fait représenter dans le salon de la princesse Mathilde *Histoire du Vieux Temps*, publiée la même année.

(1er novembre) : La Revue Moderne et *Naturaliste*, dirigée par Harry Alis, publie sous le pseudonyme de Guy de Valmont, le poème *Une fille*, qui n'est autre que le poème *Au bord de l'eau*, déjà publié, mais amputé cette fois de ses douze derniers vers.

(décembre) : Le Parquet d'Étampes engage des poursuites contre la *Revue* et cite Maupassant à comparaître.

1880 *(26 février) :* Non-lieu dans « le Procès d'Étampes ».

(28 mars) : Flaubert, aidé de Maupassant, reçoit à Croisset Edmond de Goncourt et Émile Zola.

(16 avril) : Publication dans *Les Soirées de Médan*, de la nouvelle *Boule de Suif*, que Maupassant avait

lue peu auparavant rue Clauzel devant le groupe, qui l'avait unanimement saluée comme un chef-d'œuvre. Ce jugement est confirmé en tous points par Flaubert, dans une lettre à sa nièce, datée du 1er février, et dans la lettre qu'il adresse directement à son jeune disciple.

(25 avril): Publication du recueil *Des vers* (Charpentier).

Tourmenté par sa santé, il se fait mettre en disponibilité.

(8 mai): Mort subite de Gustave Flaubert.

Arthur Meyer l'attache à son journal *Le Gaulois*, où, le 31 mai, commence la publication des *Dimanches d'un bourgeois de Paris*, roman en forme de *sketches*, où le héros, M. Patissot, est à la fois tributaire de Joseph Prudhomme, immortelle création d'Henry Monnier, de Bouvard et Pécuchet (et par conséquent de Flaubert), et de l'expérience bureaucratique de Maupassant.

(été): Voyage en Corse, dont il ramène pour *Le Gaulois* une chronique, *Bandits corses*, publiée le 12 octobre. L'impact de ce voyage se retrouvera dans *Une vie*, et trois contes des *Contes du Jour et de la Nuit* ont aussi la Corse pour théâtre.

1881 : Maupassant quitte la rue Clauzel, pour s'installer rue Dulong.

(juin): Maxime Du Camp entreprend dans *La Revue des Deux Mondes* la publication de ses *Souvenirs Littéraires*, où il insinue que l'épilepsie noua les facultés créatrices de Flaubert. Maupassant répondra par deux lettres indignées publiées dans *Le Gaulois*, les 25 et 27 octobre sous les titres *Camaraderie* et *Une réponse*.

Début d'une collaboration suivie au *Gil Blas* et, plus épisodique, au *Figaro* et à *L'Écho de Paris*.

(juillet): Envoyé spécial du *Gaulois*, il se rend en Algérie. Rencontre avec Jules Lemaitre à Alger; il lui présente *La Maison Tellier*, nouvelle qui donne son titre à un recueil publié en automne (Havard, éditeur).

1882 *(mai)*: Le libraire bruxellois Kistemaeckers publie *Mademoiselle Fifi*, recueil qui ne comprend que sept nouvelles.
(été): Voyage à pied à travers la Bretagne.

1883 *(26 février)*: *Le Gil Blas* commence dans son numéro daté du lendemain la publication en feuilleton de *Une vie*, qui s'achève le 6 avril. Le roman paraît chez Havard immédiatement après.
(mars): Étude sur *Émile Zola* (Quantin, *Les Célébrités contemporaines*). Publication chez Havard de *Mademoiselle Fifi*, qui comprend cette fois dix-huit nouvelles.
(juin) : *Contes de la Bécasse* (Rouveyre et Blond, éditeurs).
(été): Maupassant qui a passé l'hiver à Nice près de sa mère, se rend à *La Guillette*, villa qu'il a fait construire à Étretat : son valet de chambre, le fidèle François Tassart, le suit dans ses déplacements. L'écrivain séjourne à Paris le moins qu'il peut.

1884 : Maupassant emménage rue Montchanin, au rez-de-chaussée d'un hôtel particulier.
(janvier) : *Au Soleil* (Havard), premier recueil constitué par des récits de voyage. *Clair de lune* (Monier, éditeur).
(avril) : *Miss Harriet* (Havard).
(juillet) : *Les Sœurs Rondoli* (Ollendorff).
(novembre) : *Yvette* (Havard).
Préface aux *Lettres de Flaubert à George Sand* (Charpentier).
Premières manifestations de troubles nerveux et mentaux.

1885 *(hiver)* : Vie mondaine à Paris.
(mars) : *Contes du Jour et de la Nuit* (Marpon et Flammarion).
(avril) : Voyage en Italie (Riviera, Pise, Florence, Naples, Sorrente, Capri) et *(mai)* en Sicile. A Palerme, il visite le cimetière des Capucins, dont les cadavres momifiés fascinent son imagination. Il en donnera une description minutieuse dans *La*

Vie errante (voir plus bas). Le même mois, publication de *Bel Ami* (Havard).
(août) : Cure à Châtelguyon. Nombreuses excursions à travers l'Auvergne, dont plusieurs nouvelles et un roman portent la marque.
(automne) : Chasses en Normandie.
Autres publications pour cette année : *Toine* (Marpon et Flammarion). Préface pour une édition de *Manon Lescaut* (Launette).

1886 *(été) :* Voyage en Angleterre.
Monsieur Parent (Ollendorff) et *La Petite Roque* (Havard).

1887 *(été) :* Il séjourne dans sa villa d'Étretat, où ses intimes le visitent. Il manifeste une curiosité pour les sciences occultes.
Début des troubles hallucinatoires.
Publications : en janvier, *Mont Oriol*, roman qui se passe en Auvergne et qui fut mis en chantier dès son retour de Châtelguyon (Havard, éditeur); en mai, *Le Horla* (Ollendorff).

1888 *(janvier) : Pierre et Jean*, précédé de l'*Étude sur le Roman*, qu'avait publiée peu de jours auparavant le *Supplément littéraire du Figaro* (Ollendorff).
Sur l'eau (Marpon et Flammarion), second recueil de récits de voyage, centrés surtout sur la Provence et la Côte d'Azur. On y retrouve, donnée comme une histoire véridique, l'aventure du couple qui forme le sujet du *Bonheur* (l'un des *Contes du Jour et de la Nuit*). Mais cette fois la rencontre se produit, non pas en Corse, mais près de Saint-Tropez. *Le Rosier de Madame Husson* (Quantin).
En avril, publication dans *La Revue illustrée* d'un article de H. Céard sur *Guy de Maupassant*.
(été) : Croisière sur le *Bel-Ami*. Elle conduit l'écrivain de Cannes à San Remo, Savone et Gênes. Dans l'intérieur, il visite Florence et Pise, puis met le cap sur la Sicile, et revoit Palerme. Puis de Syracuse un paquebot le transporte à Alger. Par voie de terre, il visite la Tunisie. Ce voyage s'achève l'année suivante.

1889 : Retour en France. Les hallucinations deviennent plus fréquentes, prodromes de la paralysie générale. *(mars) : La Main gauche* (Ollendorff) ; *(mai) : Fort comme la mort* (Ollendorff). Maupassant conduit lui-même à l'asile de Bron son frère Hervé, atteint de folie furieuse. Il meurt le 13 novembre, laissant une fille que Guy prend en charge.

1890 : Aggravation des troubles, qui prennent la forme d'un délire de la persécution. Ces obsessions ne le quitteront plus. Son irritabilité s'accentue : il fait un procès à son propriétaire sous prétexte qu'il y a trop de bruit.
(mars) : La Vie errante (Ollendorff), troisième et dernier recueil de récits de voyage, dans lequel il relate sa croisière de l'année précédente et ses pérégrinations en Tunisie.
(avril) : L'Inutile Beauté (Havard).
(juin) : Notre cœur (Ollendorff).

1891 : *Note sur Swinburne*, en préface à la traduction (par G. Mourey) des *Poèmes et Ballades* de Swinburne.
(été) : Cure thermale à Divonne, puis, sur les conseils de Taine, à Champel. Par de pieux mensonges, ses amis cherchent à le rassurer. Mais ses troubles prennent l'allure d'une paranoïa. Il intente des procès à ses éditeurs, se croit devenu millionnaire, et accuse son fidèle François de le voler. Edmond de Goncourt note avec malveillance dans son *Journal* les progrès du mal.
Publication de *Musotte*, comédie écrite en collaboration avec Jacques Normand, jouée le 4 mars, et parue chez Ollendorff.

1892 *(1er janvier) :* Au cours du dîner du nouvel an chez sa mère, Maupassant se montre particulièrement excité. Rentré chez lui à Cannes, il tente de se suicider.
(6 janvier) : Il est interné à Passy, dans la clinique des docteurs Blanche et Meuriot. Il ne la quittera plus. Parmi les médecins qui le soignent, le docteur Franklin-Grout, second mari de Caroline, la nièce

de Flaubert.

1893 : *La Paix du ménage*, comédie (Ollendorff).

(6 juillet) : Mort de Guy de Maupassant.

(8 juillet) : Obsèques célébrées à Saint-Pierre de Chaillot. Maupassant est inhumé sans cercueil, au cimetière du Montparnasse. H. Céard prononce son éloge funèbre, au nom de tous les amis du *Groupe de Médan.*

1897 : Inauguration à Rouen d'un monument à la mémoire de Guy de Maupassant.

1899 : *Le Père Milon* (posthume).

1900 : *Le Colporteur* (posthume).

1901 : *Les Dimanches d'un bourgeois de Paris* paraissent chez Ollendorff.

1912 : *Misti* (posthume).

INTRODUCTION

Qu'il est vain de rechercher une unité formelle à l'intérieur d'un volume de contes et nouvelles de Guy de Maupassant, je crois avoir tenté de le démontrer dans mes autres introductions [1]. Il n'en est pas de preuve plus convaincante que la composition du recueil qui est aujourd'hui présenté. Jusqu'ici avait prévalu la détermination de reproduire le volume paru chez Ollendorff, et sous le même intitulé, dans la Collection des Œuvres complètes; mais on s'est heurté cette fois à une difficulté : le volume d'Ollendorff inclut un certain nombre de contes absents de l'édition originale de 1885. Ce sont : *Le Fermier*, *Jadis*, *La Farce*, *Lettre trouvée sur un noyé*, et *L'Horrible*. En revanche, *Le Crime au père Boniface*, *Rose*, *L'Aveu*, *La Parure*, *Le Bonheur*, *Une vendetta* et *Coco*, présents dans l'édition originale, publiée par C. Marpon et E. Flammarion, ont été joints par Ollendorff au recueil *Boule de Suif*, dont aucune série de contes et nouvelles n'avait jamais porté le titre du vivant de Maupassant. Devant une telle discordance, il a semblé préférable d'opter pour le contenu de l'édition originale, puisque Maupassant l'avait voulue ainsi. Mais ce flottement révèle bien le caractère arbitraire des choix.

On peut d'autre part s'interroger sur la signification du titre qu'a reçu l'ouvrage. En règle générale — mais non universelle — chaque volume reçoit pour titre

1. Voir dans cette même collection les *Contes de la Bécasse* et *Mademoiselle Fifi*.

celui de la nouvelle par laquelle il débute. Font exception les *Contes de la Bécasse*, dont j'ai montré le lien, ténu mais bien réel, qui les unit : *La Main gauche*, dont tous les récits ont pour thème des amours clandestines ou contrariées, et d'illégitimes naissances ; et justement les *Contes du Jour et de la Nuit*. Le terme même de *conte* fait ici difficulté : au cours du Colloque tenu en 1974 de l'*Association Internationale des Études françaises*, on s'était efforcé de délimiter le domaine du roman, du conte et de la nouvelle ; malgré la richesse des exposés, la question était demeurée quelque peu en suspens. Pouvait-on, en opposant nouvelle et roman, retenir le critère de la longueur ? Mais il y a des romans très courts *(Pierre et Jean)*, et des nouvelles fort longues *(Yvette, L'Héritage)*. Dire que le roman a pour thème le déroulement d'une destinée, tandis que le conte (ou la nouvelle) n'aborde qu'un bref moment de la vie des personnages, fait peut-être un peu progresser la solution du problème — encore que, sur ce point, conte et nouvelle ne se distinguent guère ; encore que, comme on le verra, des nouvelles comme *La Parure* s'inscrivent dans la durée, prenant l'héroïne en pleine jeunesse pour la conduire au seuil de la vieillesse (« Et cette vie dura dix ans ! »). On a même suggéré que le conte introduit le lecteur dans le monde du merveilleux, du fantastique, mais non la nouvelle. Cette distinction n'est pas à rejeter absolument : les *Trois Contes* de Flaubert, pour ne citer qu'eux, et même celui qui semble le plus proche de l'*humble vérité* (« Un cœur simple »), laissent une place au surnaturel : Loulou, le perroquet empaillé, ne figure-t-il pas le Saint-Esprit ouvrant ses ailes, pour Félicité agonisante ? Les *Contes de la Bécasse* eux-mêmes, avec leur charme de récits contés au coin du feu, favorisent la rêverie et *décollent* du réel. Mais on éprouve quelque difficulté, sous cet aspect, à reconnaître la qualité de conte à certains récits du présent recueil. On s'interrogera pareillement sur la signification de cette antithèse du *jour* et de la *nuit*. Sans doute la mode orientalisante du XVIIIe siècle avait-elle mis au goût français ces interminables récits qui meublent les longues veillées du sérail, et que l'aube interrompt : on eut ainsi les *Mille et Une Nuits*, puis par symétrie les *Mille et Un Jours*. En associant dans son titre le *jour* et la *nuit*, Maupassant voulait-il nimber d'un merveilleux factice des récits qui en sont dépourvus ? Ne faudrait-il pas voir là, peut-être, une intention discrète de dérision, suggérant que dans ce pot-pourri pouvaient prendre place aussi bien les Contes bleus pour endormir les enfants et ceux, moins innocents, qui divertissent les adultes ? Ne serait-ce pas plutôt l'expression d'une poésie supérieure du clair-obscur : contraste de la banalité quotidienne et de l'insolite le plus hallucinant ? Maupassant ne nous a légué aucun élément de réponse, et aucune de ces hypothèses ne peut dès lors se trouver privilégiée. C'est pourtant la dernière qui devrait avoir notre faveur : nous serions alors en présence d'un dosage subtil de récits où le mystère côtoie le réel le plus anodin, et parfois le pénètre. Nouvelles de la pleine lumière, contes fantastiques, sécrétés des ténèbres, s'équilibreraient dans un volume dont le titre livrerait en raccourci la formule même de l'art de son auteur.

***

La réalité, ce sont d'abord les types humains et sociaux que l'écrivain a côtoyés au cours d'une vie riche d'expériences. Ici, comme dans ses autres volumes, comme dans ses romans, Maupassant n'a décrit que ce qu'il a vu — ou ce qu'il a été — : Normands d'abord, paysans et pêcheurs, sur qui s'était posé son premier regard, et qu'il a retrouvés à chacun de ses séjours dans l'intérieur des terres ou sur la côte *(Le Vieux, L'Ivrogne, Le Gueux, Histoire vraie, Le Crime au père Boniface, L'Aveu, Coco)*; employés de ministère, et plus précisément du ministère de l'Instruction publique *(Le Père, La Parure, Souvenir)*, gentilshommes campagnards *(La Roche aux guillemots, Histoire vraie, La Confession)*; commerçants et boutiquiers *(Le Petit, Souvenir)*; Parisiens fêtards, hommes de cercle, titrés ou non *(Un lâche, Adieu)*. A l'invasion prussienne on doit l'entrée des officiers des deux bords dans l'univers romanesque de l'auteur : *Tombouctou* conte un épisode qui s'y rattache. Le voyageur, si pleinement séduit par la beauté sauvage de la Corse qu'il y a situé l'un des principaux moments de *Une vie*, revient dans ce recueil sur le thème de la *vendetta*, et, dans la nouvelle qui porte ce titre, le décor, naturel et humain, est sans doute un souvenir de voyage, en même temps peut-être qu'un discret hommage à l'auteur de *Colomba*. Et c'est encore en Corse qu'il fait s'achever l'existence du couple fidèle, dans *Le Bonheur*.

On pourra regretter que cette humanité si diverse soit en même temps si limitée, et qu'un romancier qui se réclame de Zola, et dont l'œuvre se situe dans le sillage de la Commune, n'ait jamais vraiment mis en scène le peuple, ouvriers et artisans. La nouvelle *Un parricide* fait à peine exception : son protagoniste est un déclassé, par bâtardise, et c'est moins à la condition d'ébéniste, pétri des doctrines communistes et nihilistes, qu'à celle de bâtard, que l'auteur se réfère ici.

Curieusement enfin, la prostitution et son monde pitoyable et coloré sont absents de ce recueil. J'avoue avoir un instant hésité sur la définition sociologique de Madame Margot, qui, dans *Rose*, fait une confidence, et de Madame Simone, qui la reçoit. Cette façon de ne désigner que par le prénom, le cadre Belle-Époque dans lequel s'inscrit la nouvelle (Cannes et sa bataille de fleurs) pouvaient ici suggérer le demi-monde, qu'on redécouvrira, à peine modifié, dans les meilleures pages de Proust. Un détail pourtant lève toute hésitation : Madame Margot est la femme d'un officier, et appartient elle-même à l'aristocratie champenoise. Aussi les deux amies sont-elles à ranger dans cette catégorie de mondaines à part entière, de ces baronnes, marquises, ou vicomtesses à tête folle, qui peuplent tant de ses récits, et qui ressemblent comme des sœurs à celles dont Maupassant hanta les salons, qui tour à tour le comblèrent ou en firent leur dupe. Ainsi donc, le monde du plaisir tarifé n'est pas représenté dans le présent volume. Compte tenu de la place qu'occupe cette fraction d'humanité dans les préoccupations et dans l'univers romanesque de l'auteur, on pourra s'en étonner. Peut-être avancera-t-on avec bien de la prudence une hypothèse : si le conte fait sa part au merveilleux, et s'efforce de concilier fidélité au réel et embellissement de ce même réel, alors Maupassant a pu vouloir éliminer de ce recueil la plaie la plus hideuse de notre machine sociale. Ce qui peut renforcer cette hypothèse, c'est que — hasard ou volonté délibérée — la même remarque peut être formulée au sujet des *Contes de la Bécasse*, seul autre volume à grouper sous le vocable de *contes* les récits qu'il enferme.

La réalité, c'est encore la présence de la nature, et sa reproduction fidèle. Maupassant s'est toujours employé à soigner ses extérieurs : la campagne normande aux gras herbages, ses pommiers noyés de soleil, ses blés et ses colzas dorés, ondulant sous la brise, ses champs écrasés de lumière et de chaleur; mais aussi la mer, si proche et toujours recommencée, tantôt dormante comme un lac sous un ciel bleu, tantôt parcourue de furieux soubresauts, rejetant à la côte les embarcations ou les brisant comme des écales de noix; les gentilhommières perdues, dont la grand'salle s'anime pour des retours de chasse; puis le boulevard parisien, ses cafés brillant de mille feux, ou ses *bouillons* sordides, au relent de graisse refroidie, où les yeux larmoient à la flamme du gaz; les sous-bois de banlieue, les canotiers et les guinguettes. Ce n'est pas tout : tel ce peintre que l'auteur choisit si souvent pour conter ses histoires, et qui s'en va, sac au dos, pipe aux lèvres, avec sa palette et sa toile toujours prêtes à servir, en quête de lignes et de couleurs, Maupassant promène son lecteur parmi les sites les plus riants de la province : les apprêts d'une bataille de fleurs sur la Côte d'Azur, ou le décor sauvage et divers de la Corse...

La réalité, c'est enfin l'observation minutieuse des gestes et des propos des hommes. Maupassant a comparé lui-même le romancier à un objectif photographique : cette métaphore est d'un homme modeste, et fait trop peu de place à l'invention de l'artiste. Il a regardé, certes, d'un œil amusé, et parfois impitoyable. Mais ce qu'il a retiré de ce regard est aux antipodes du cliché, qui fige et aplatit tout ce que l'œil a vu. Chacun de ses personnages est comme la tête de file d'un groupe humain, mais, sans cesser d'être un type, il demeure un individu de chair et de sang, qui conserve le modelé et la palpitation de la vie. Pour ne prendre qu'un exemple, qui jamais oubliera le brigadier gendarme Malautour raccommodant une chaise, « mâchant sa moustache, les yeux ronds et mouillés d'attention... »?

Telle est la présence de cette réalité qu'on serait tenté de ne point pousser plus avant l'enquête, et de ranger Maupassant parmi les épigones de Flaubert ou des frères Goncourt. Lui-même ne s'est pas donné grande peine pour nous inviter à refuser ce classement paresseux. En donnant à *Une vie* le sous-titre *L'Humble vérité*, ne paraissait-il pas avouer lui-même cette filiation ? Comme pour mieux la souligner, deux nouvelles du recueil incluent d'expresses références à Flaubert, et plus précisément à *Madame Bovary* : c'est là que Maupassant est allé chercher le nom du bateau qui, dans *Souvenir*, emmène le narrateur à la campagne. Quant à Mathilde Loisel, de *La Parure*, ses rêves fous de petite bourgeoisie déçue, dans lesquels « les sensualités du luxe » se confondent avec « les joies du cœur », et où « l'élégance des habitudes » équilibre « les délicatesses du sentiment »[1], sont très exactement ceux d'Emma quarante années plus tôt : le monde a beau avoir marché, la République avoir relayé la monarchie de Juillet, et le château du marquis d'Andervilliers s'être transmué dans les salons de Madame Georges Ramponneau et de Monsieur, ministre de l'Instruction publique, le bal, pour Mathilde comme pour Emma, est comme la revanche momentanée du rêve sur l'humble quotidien. Et comme aussi les maris ont même comportement! Tous deux interdits de bal, l'un se traîne à la rampe, et l'autre « dormait dans un petit salon désert avec trois autres messieurs dont les femmes s'amusaient beaucoup ». Pourtant, si l'on y prend garde, là s'arrête la ressemblance : ce n'est déjà pas peu, et nous retrouvons dans ce conte — comme souvent ailleurs — le pieux souci du disciple de

1. *Madame Bovary*, coll. Garnier, p. 60-61.

convoquer inlassablement le maître trop tôt parti. Mais fidélité n'exclut pas originalité; et, dans une première lecture, les destinées de Mathilde et d'Emma sont antinomiques. La perte du bijou inscrit toute l'existence ultérieure de Mathilde dans une perspective quelque peu balzacienne. La Dette tue Emma, mais c'est Mathilde qui tue la Dette : la volonté de payer jusqu'au dernier sou abolit les rêves et jusqu'à la féminité de celle qui s'était crue la reine d'un bal; du moins réussit-elle à payer; et cette ambition la préserve à jamais du *bovarysme*. Mais cette leçon — leçon de courage, et leçon de volonté — ne serait-elle pas aux antipodes de tout ce que nous savons de l'éthique de Maupassant ? Le dernier mot du conte révèle que ce grand sacrifice a été consommé pour rien... pour une parure de fausses pierres. Revenons-nous à Flaubert ? pas même. On a dit et redit que le roman de Flaubert est celui où il ne se passe rien. Dans *La Parure* c'est bien pis : l'histoire revient à son point de départ — car perdre une parure fausse c'est à peu près n'avoir rien perdu du tout — mais après avoir brisé une existence. Comme ces apprentis-prêtres dont parle Balzac, et qui disent la messe avec des hosties non consacrées, Mathilde aussi accomplit le suprême sacrifice avec une hostie truquée. La différence est qu'elle l'ignore, ou plutôt que la révélation sera trop tardive, lorsqu'il sera trop tard pour *recommencer*, et que la joie même du sacrifice lui sera confisquée. Le hasard, le hasard aveugle, ou trop clairvoyant (et malveillant) gouverne dans ce conte le destin de l'héroïne : là encore réside l'opposition avec *Madame Bovary*, où les événements s'enchaînent avec une implacable rigueur. Un passage le note très explicitement : « Que serait-il arrivé si elle n'avait point perdu cette parure ? Qui sait ? qui sait ? Comme la vie est singulière, changeante! comme il faut peu de chose pour vous perdre ou pour vous sauver! » Avec une apparente simplicité, Maupassant atteint au tragique; la brutale inversion du schéma, dans *Les Bijoux*[1], où

1. Nouvelle appartenant au recueil *Clair de lune*.

un veuf découvre que toute la verroterie de sa défunte épouse se compose de pierres toutes vraies et toutes précieuses, devrait conduire au comique, et y conduit en effet; mais ce comique est de sarcasme, et l'amertume se devine toute voisine.

L'examen minutieux de cette nouvelle, sur laquelle je ne regrette pas de m'être attardé, et son rapprochement avec *Les Bijoux*, auront fait apparaître l'une des constantes de l'art de Maupassant. Chez lui, un récit se monte un peu à la manière d'une machine infernale. Les pièces en sont polies, et assemblées patiemment, sans que rien avertisse le lecteur; le narrateur prend le plus grand soin à ce qu'aucune fumée ne trahisse la mise à feu. Et il est encore absent quand se déchaîne l'explosion, qui laisse le lecteur tout seul, face aux décombres. Une manière de *faire la mine*, en somme, comme dans *Mademoiselle Fifi!*

Cette recherche de l'effet de surprise, cet *in cauda venenum*, constituent même l'essentiel de l'intérêt dramatique de presque tous les contes qui sont aujourd'hui présentés : la mort du vieux qui se fait si longtemps attendre, et se produit dans le temps qu'on y pensait le moins *(Le Vieux);* l'étrange comportement du vieux chasseur, M. d'Arnelles, dont l'explication est plus surprenante encore *(La Roche aux Guillemots);* les mystérieuses allées et venues du dévoué tirailleur Tombouctou; le violent contraste entre la vie de sacrifices d'une tendre sœur, et les motivations de ces sacrifices *(La Confession);* la découverte inopinée d'un criminel qui se cachait sous les apparences les plus anodines *(Rose);* dans trois nouvelles, l'effet obtenu est plus subtil : dans *Le Gueux*, la mort du vieux *Cloche* est commentée au style indirect libre par ces deux simples mots : « Quelle surprise! » (que Maupassant a dû reprendre à Flaubert, commentant identiquement la mort de la Veuve Dubuc, la première madame Bovary). Or tout un village s'était spontanément ligué pour conduire le gueux à la mort, et la surprise, sincère ou feinte, n'en est que plus scabreuse : paradoxalement, c'est dans cette surprise que réside la surprise du dénouement. *Coco* est l'histoire d'un crime que les circonstances laisseront impuni, et la surprise, cette fois, viendra de l'absence de surprise. La troisième de ces nouvelles enfin débute très exactement comme *La Petite Roque*, l'un des plus fascinants récits de Maupassant : le décor initial est le même, et le facteur Boniface est le frère jumeau du facteur Médéric. On mesurera comme d'un point de départ identique le narrateur a donné à ses deux récits des directions divergentes. Mais le plus curieux est que, la lecture d'un fait divers sanglant conditionnant le facteur, l'auteur parvient à imposer un climat de terreur qui se dissipe par la révélation brutale et polissonne de ce qu'est vraiment « le crime au père Boniface ». C'est un procédé inverse auquel il recourt dans *La Petite Roque*, où le cadavre nu de l'enfant violentée, puis assassinée, surgit dans le décor joyeux d'une clairière débordant de soleil.

Si l'on ne peut, à propos des autres nouvelles du recueil, parler véritablement de surprise, toutes en sont pourtant nimbées peu ou prou : la lumière qui se fait peu à peu dans une cervelle embrumée de pochard *(L'Ivrogne)*; la révélation d'une parenté qui rend clair et excusable le double crime du *Parricide*, les invraisemblables calculs d'une paysanne qui la jettent dans les bras d'un conducteur de carriole *(L'Aveu)*; la réalisation d'une vengeance, qui, au départ, semblait impossible *(Une vendetta)*; la brusque découverte du temps qui passe, dans un visage aimé revu après une longue séparation *(Adieu)*. Parfois, comme dans *Histoire vraie*, l'invraisemblance tragique du dénouement donne la mesure des mystérieuses motivations du cœur humain. Dans *Le Bonheur*, c'est le violent contraste d'une union mal assortie sur tous les points, sauf sur celui de l'harmonie des cœurs. Et dans *La Main*, la surprise naît, après l'exposition d'un crime mystérieux, de l'impuissance avouée du narrateur à éclairer le mystère, ou plutôt d'une hypothèse avancée par lui, et qui déçoit par sa simplicité le cercle de ses auditrices romanesques et imaginatives. Nulle part pourtant le procédé n'est plus visible que dans *Un lâche* et dans *Le Petit;* nulle part non plus on ne comprend mieux que la différence essentielle entre nouvelle et roman réside justement là. Parce que le roman exige une certaine épaisseur temporelle, parce que — et c'est encore plus vrai du roman naturaliste — il constitue plus ou moins le reflet fidèle de la réalité, la surprise, le coup de théâtre n'y ont pas vraiment leur place. Tout autre est l'optique de la nouvelle que sa brièveté même achemine promptement vers un dénouement, et qui doit suppléer par l'intensité dramatique à l'ellipse temporelle. *Un lâche* se retrouve textuellement dans *Bel Ami*, sans qu'il soit possible de décider si la nouvelle a été détachée du roman, ou y a été intégrée : la chronologie n'apporte aucun élément à l'éclaircissement de ce petit problème. *Un lâche* a paru le 27 janvier 1884, et *Bel Ami* est publié en 1885 : il est donc probable que le roman se trouvait fort avancé lorsque parut la nouvelle, et l'une et l'autre hypothèse sont donc également plausibles. Mais, justement parce que *Un lâche* est une nouvelle et *Bel Ami* un roman, l'épisode ne pouvait pas se terminer dans le roman comme dans la nouvelle. Les affres de Duroy à la veille de son duel (qui sont, notons-le en passant, celles de Frédéric Moreau, et de Cisy, dans *L'Éducation sentimentale*), sont dépeintes avec minutie, mais ne le conduisent pas à refuser la rencontre : le duel est là comme l'épisode obligé d'une vie que le romancier mènera jusqu'à la totale et scandaleuse réussite. Les terreurs du vicomte de Signolles, analysées dans les mêmes termes, débouchent brutalement sur le suicide : la peur de trembler à l'instant décisif et de trahir sa réputation de bravoure lui fait presser la gâchette.

Si *Monsieur Parent* n'est pas à proprement parler un roman, ses dimensions l'en rapprochent (et c'est en raison de son exceptionnelle longueur que Maupassant ne l'a pas donné, comme la plupart de ses contes, à la rédaction du *Gaulois* ou du *Gil Blas*[1]). Les remarques qui viennent d'être faites sur *Un lâche* et *Bel Ami* s'appliquent donc à cette très longue nouvelle et à celle de notre recueil qui a pour titre *Le Petit*. Malgré de

1. *Monsieur Parent* fut publié en une seule fois dans le numéro de janvier 1886 de *La Vie populaire* (revue dirigée par Catulle Mendès).

notables différences de situations, le fond du récit est le même : ici et là un brave bourgeois se croit le père d'un enfant dont une vieille servante lui révèle qu'il est le fils d'un autre. L'algarade qui prélude à la révélation est conduite dans les deux récits de façon identique. Mais dans *Le Petit*, elle entraîne le suicide du bonhomme détrompé, et la surprise horrifiée de Céleste découvrant le corps du pendu est aussi celle du lecteur.

***

Faisant cercle autour du juge d'instruction, les femmes lui reprochaient d'ôter à son histoire de *La Main* son auréole de mystère et d'effroi. Serons-nous dupes de cette apparente simplicité du narrateur, succomberons-nous à la tentation d'en faire le porte-parole de l'écrivain ? Ce serait méconnaître l'art subtil du conteur qui pimente le mystère en se donnant l'air de le dissiper. Ce serait oublier combien au contraire Maupassant se délectait dans les eaux glauques et dormantes de l'insolite. Cette main d'écorché avait fortement frappé son imagination d'adolescent : elle faisait partie d'une collection de trophées appartenant à un Anglais, hôte du poète Swinburne — que Maupassant venait de sauver d'une noyade; et la vue de ce débris l'avait si violemment frappé que trois récits lui furent consacrés, *La Main d'écorché*, *L'Anglais d'Étretat*, et *La Main*, nouvelle qui appartient au présent recueil : je n'oserais assurer qu'on n'en retrouve pas un reflet dans l'un des *Contes de la Bécasse*, *En mer*. J'ignore si les circonstances narrées dans *La Main* ont pour source les mêmes confidences ; je serais tenté de croire plutôt que l'imagination de l'auteur a travaillé sur un détail véridique et horrible, et que, si cette main a existé, toutes les variations qu'elle lui a inspirées, visions, hallucinations, songes, et, bien entendu, le sanglant dénouement, lui appartiennent en propre. L'auteur du *Horla* avait l'esprit suffisamment fertile et malade pour composer sans le concours de personne cette macabre symphonie. S'il fallait absolument lui trouver des modèles, j'avancerais peut-être les noms de Nerval, de Baudelaire, et surtout d'Edgar Poe. Ailleurs l'horrible et l'insolite affleurent, et c'est encore Baudelaire qui vient à l'esprit, lorsque les corbeaux tournoient au-dessus de Coco, et qu'un essaim de mouches s'échappe en bourdonnant de sa charogne ; Baudelaire toujours transparaît dans la notation si pathétique de la fin : « Et l'herbe poussa drue, verdoyante, vigoureuse, nourrie par le pauvre corps. » Affirmation panthéiste de la transmission cyclique de la vie ! Les « floraisons grasses », dans *Une charogne*, par l'auteur des *Fleurs du Mal*, n'ont pas une autre origine, et Valéry a exprimé la même pensée avec plus de bonheur encore :

Le don de vivre a passé dans les fleurs...

L'admiration que portait Maupassant à Baudelaire est connue. Celui-ci avait à ses yeux l'inestimable mérite d'avoir attiré les foudres de la justice, en même temps et presque pour les mêmes motifs que Flaubert. Puis Flaubert lui-même portait très haut la poésie de Baudelaire, et un article récent [1] effectue de curieux rapprochements entre une page de *Bouvard et Pécuchet* et *Une charogne* précisément.

Si l'on y prend garde, deux contes aussi dissemblables que *Coco* et *Le Gueux* présentent la même structure et d'identiques séquences dramatiques : dans *Le Gueux*, la mort de Cloche n'est pas l'œuvre d'un garnement sournois et pervers, qui recèle dans les obscurs replis de sa cervelle d'enfant toutes les semences du crime; cette fois, ce n'est pas d'une vieille rosse qu'il s'agit, et c'est la Société tout entière, incarnée dans l'autorité du maire, et dans ces gendarmes montés, à parements et soutaches, qui, presque sans y prendre garde, *oublie* le gueux dans ses cachots, et s'étonne, avec une pointe de déception, de retrouver morte de faim sa proie, dans la grisaille de l'aube. L'anomalie vient ici de la disproportion entre le châtiment et le délit (le vol d'une poule). Mais, à vrai dire, la nouvelle baigne toute dans l'insolite : créature difforme lovée dans les talus, hissée sur des béquilles, puis « se décro-

1. François Fleury, Le style poétique dans *Bouvard et Pécuchet* (*Amis de Flaubert*, mai 1973).

chant » pour débouler à travers champs en quête de maraude, le vagabond évoque tour à tour on ne sait quelle bête de cauchemar, ou un vieux tas de guenilles. D'un invalide qui lui ressemble comme un frère, et dont le nom répète à une syllabe près celui du gueux, Maupassant a tiré, dans *Mont-Oriol*, des effets d'un irrésistible comique. Comme tout à l'heure Médéric et Boniface, Cloche et *Cloviche* ont sans doute un modèle unique, et réel. Mais, comme Maupassant va spontanément, dans sa chasse au matériel humain, à ce qu'il y a de plus hideux et de plus pitoyable! Ici, c'est au Victor Hugo peintre de la Cour des Miracles qu'il fait songer... peintre de Quasimodo peut-être aussi, et bien sûr, à Flaubert encore, et à son mendiant aveugle de *Madame Bovary*.

Sans doute l'étrangeté n'est-elle pas aussi visible dans tous les contes du recueil; on la retrouve néanmoins dans six d'entre eux : *Rose*, *L'Ivrogne*, *Une vendetta*, *La Roche aux Guillemots*, *Tombouctou* et *La Confession*. Elle surgit au détour d'un récit apparemment anodin, conté sur le mode de la confidence au milieu d'une bataille de fleurs : la suivante modeste et attentionnée, la perle des perles n'est autre qu'un forçat évadé, jadis condamné pour meurtre et pour viol *(Rose)*; une partie de dominos copieusement arrosée de petits verres a pour épilogue un sanglant carnage *(L'Ivrogne)*; une ruse, minutieusement élaborée avec le concours d'un vieux chien de chasse, permet à une vieille femme de venger son fils assassiné *(Une vendetta)*; pour être présent au rendez-vous trentenaire de compagnons de chasse, un vieux gentilhomme entrepose dans une remise le cercueil de son gendre, et ajourne ses obsèques de quarante-huit heures *(La Roche aux Guillemots)*; un Turco sénégalais, expansif et débrouillard, adoucit pour ses officiers les rigueurs du siège, en servant à leur table un excellent filet, dont l'origine n'est que trop claire, et quand, la guerre finie, Tombouctou, en Lorraine annexée, monte un restaurant à l'usage des vainqueurs, on aimerait savoir si c'est toujours la même viande qu'il leur propose, et si c'est cela que le conteur désigne comme « un commencement de revanche »; il faut que sonne l'heure de l'adieu suprême pour qu'on apprenne de la bouche d'une mourante à quelles extrémités porte une passion enfantine et secrète *(La Confession)*; deux thèmes s'entrecroisent dans la nouvelle, que Maupassant a repris séparément dans deux de ses contes, appartenant curieusement au même recueil *(Clair de lune)* : *Une veuve*, et *Moiron*. Ce qui dans le premier est insolite, c'est l'amour qu'un jeune garçon porte à une cousine de cinq ans son aînée; tout à l'heure la passion conduisait au meurtre, ici c'est au suicide; quelque chose du dénouement d'une nouvelle se retrouve encore dans celui de l'autre : comme Suzanne est demeurée veuve de son fiancé assassiné, la narratrice de *Une veuve* ne s'est jamais mariée non plus. *Moiron* conte les crimes d'un instituteur que des malheurs répétés ont rendu dément, et la même poudre de verre, glissée dans des gâteaux, lui sert à tuer ses petits élèves, comme elle avait servi à assouvir la fureur jalouse de Margot.

Plus encore pourtant que l'étrangeté des faits, que le raffinement quintessencié des moyens de vengeance, ce qui place ces nouvelles à la frontière du fantastique, ce sont d'imperceptibles notations par lesquelles s'installent la terreur, *l'horrible*[1]. Un mystère enveloppe le passé du propriétaire de la main d'écorché; et la bonhomie des propos échangés avec le juge devant la chope de bière de la cordialité ne sert qu'à rendre plus percutante l'annonce de la mort de l'ancien explorateur. Déjà la vue du cadavre violacé, dont la nuque porte comme des empreintes de serres, suggère l'incroyable, c'est-à-dire la révolte sanglante de la main captive. Puis des cauchemars surviennent, qui sont prémonitoires. Enfin, l'apparition de la main coupée, et abandonnée sur la tombe, achève de nous placer en plein délire. Les folles bourrasques qui déséquilibrent la marche nocturne de l'ivrogne, les paquets de pluie, et le gémissement du vent, préparent le lecteur au déroulement du drame; et ce sont ici les vapeurs de l'ivresse

1. C'est le titre d'une nouvelle qu'Ollendorff a jointe aux *Contes du Jour et de la Nuit*.

qui enveloppent le pêcheur Jérémie dans une brume floconneuse, donnant au meurtre (lui-même insolite) l'aspect de l'irréalité et du rêve. Voyez comment, après avoir minutieusement démonté le mécanisme de la vengeance, dans *Une vendetta*, Maupassant, passant brusquement du plan du regardé à celui du regardant, fixe en quelques traits l'étrange spectacle du vieux pauvre donnant à manger quelque chose de brun à son vieux chien. L'effet escompté par la vieille est atteint : nul ne l'a reconnue! qui pourrait, sous ce déguisement, la soupçonner? Mais pour le lecteur averti, le groupe de la vieille et de son chien a quitté le niveau du réel, et semble évoluer dans le monde des songes. Quel est ce bizarre valet, solennel et cérémonieux, tout de noir vêtu, qui vient par instants murmurer à l'oreille du gentilhomme chasseur? Il faut qu'on apprenne de la bouche même de ce dernier le motif de ses hésitations, pour que le conteur se résolve à nommer ce *valet* par son nom : *croquemort*. N'est-ce point là une scène de Bergman, croquée... sur le vif (qu'on me passe l'expression!) ? Et que dire de ce Tombouctou, toujours actif, et toujours rieur, qui, escorté de ses compagnons de rapine, ramène avec un cérémonial burlesque, et bruyant, huit chevaux de uhlans tués, et les têtes coupées de leurs victimes ? Le vertige n'a pas toujours besoin des orages et des terreurs pour s'imposer : la gaîté elle aussi a ses abîmes. Et la mort peut survenir au milieu des rires d'un festin, cependant que l'on vide les pots et qu'on mâche des douillons à la croûte dorée.

J'ai laissé pour la fin ceux des contes qui traduisent une autre préoccupation de Maupassant, et qui s'exprime sous une forme obsessionnelle dans son œuvre (encore, à vrai dire, que rien, ou peu de chose, n'échappe à l'obsession chez lui!) : je veux dire ceux qui abordent le thème de l'enfant illégitime. Mis à part *L'Aveu*, où la grossesse de Céleste, fille de fermiers riches et considérés, trouvera son épilogue dans un mariage peu reluisant sans doute, mais régulier, quatre contes exposent la douleur de l'enfant en marge, ou du mari abusé, couvant et chérissant le fils d'un autre : *Le Père*, *Un parricide*, *Le Petit*, et *Histoire vraie*. Dans le dernier, comme il arrive fréquemment, Maupassant a repris les principaux éléments d'une situation déjà envisagée dans l'un de ses romans ; ici, c'est de *Une vie* qu'il s'agit. Comme Rosalie, Rose est une servante que son maître a rendue grosse, et dont il se débarrasse en la mariant à un paysan aussi complaisant qu'intéressé. Il est vrai qu'ici comme là, c'est sur la fille, et non sur l'enfant, que l'auteur dirige l'attention. De plus, comme on a pu le remarquer à propos du dénouement de *Un lâche* et du *Petit*, le conte s'achève plus brutalement que l'épisode correspondant du roman. L'attachement de Rose à son maître survit au mariage avec le fils Paumelle, et elle en meurt. Dans *Une vie*, Rosalie se détache bien vite de Julien, auquel elle ne tenait guère, porte allègrement son veuvage après la mort de Désiré Lecoq, et, telle Félicité de *Un cœur simple*, mais plus chanceuse, devient la providence et le salut de Jeanne, sa maîtresse.

Dans les trois autres contes mentionnés, le thème est abordé avec plus de franchise : remords et souffrances d'un père, amant égoïste qui s'est soustrait à ses responsabilités, et qui paie sa lâcheté d'une vie de solitude, tandis que la maîtresse abandonnée trouve un généreux protecteur, qui l'épouse et reconnaît l'enfant *(Le Père)* ; calvaire de l'enfant adultérin, renié, abandonné, et devenu assassin de ses parents par rancune et révolte *(Un parricide)* ; naïveté d'un mari bafoué, qui découvre l'infidélité passée de sa femme morte, et ne peut survivre au chagrin de s'être cru le père de l'enfant d'un autre *(Le Petit)*. Le même motif, on le voit, souffre diverses modulations : le premier récit est conduit du point de vue du vrai père (et coupable) ; le troisième est focalisé sur le mari abusé, tandis que le véritable père a, jusqu'à la mort de l'épouse infidèle, vécu en parasite du couple, et, depuis, s'accommode fort bien, auprès de l'ami crédule, d'un état de co-veuvage ; le second aborde la question sous l'angle de l'enfant. C'est dire combien Maupassant a été tourmenté par un problème qui ne surgit pas dans la réalité avec cette obsédante constance. Or, dans son œuvre, ce thème éclipse tous les autres; c'est celui de plus d'une nouvelle sur trois, et, parmi elles, des plus longues et des plus élaborées : *Monsieur Parent*, déjà cité, *Yvette, L'Héritage, Le Champ d'oliviers,* et encore *L'Inutile Beauté*, qui donne son titre à un recueil. Parmi les romans, *Une vie*, nous l'avons dit, l'aborde; dans *Mont-Oriol*, il constitue le sujet d'un épisode central; enfin, *Pierre et Jean* le reprend dans une optique nouvelle : le fils véritable et légitime du couple découvre progressivement l'infidélité de sa mère et la bâtardise de son frère cadet. Sous peine de tomber dans le travers du *biographisme*, on ne recherchera pas, dans une étude qui se veut exclusivement littéraire, quels événements de la vie du romancier ont retenti sur son œuvre de manière aussi obsessionnelle. Il est néanmoins difficile de passer sous silence les contestations qui se sont élevées sur le véritable lieu de sa naissance; les désaccords très tôt survenus entre Laure de Maupassant et son mari volage, et dont des échos sont passés dans *Une vie* et aussi sans doute dans la nouvelle *Garçon, un bock!;* surtout la tendresse qui unissait Gustave Flaubert et la sœur de son inséparable Alfred Le Poittevin. Les rumeurs d'une possible paternité de Flaubert ont été, au début de ce siècle, assez insistantes pour que René Dumesnil, biographe des deux romanciers, ait posé nettement la question dans son étude sur Guy de Maupassant. C'était, il est vrai, pour la résoudre par la négative. Mais ses arguments ne sont guère convaincants. Il s'agit là d'un point qui n'intéresse le critique que dans la mesure où Maupassant s'est lui-même interrogé là-dessus, et où ses inquiétudes ont marqué son œuvre. Sans qu'il soit possible d'en dire davantage, il paraît bien que la présence insistante de ce thème dans ses romans et dans ses nouvelles fasse écho à de telles préoccupations.

*
* *

Je ne crois donc pas forcer la vérité en suggérant que ce volume, dont l'unité formelle provient de ce qu'il est constitué par des contes qui furent écrits et publiés dans un laps de temps assez court, se présente en outre comme un microcosme où se retrouvent tous les éléments de l'univers romanesque de Maupassant : types sociaux et décors sont ceux qui reviennent ailleurs, multipliés comme par un jeu de glaces infinies. A travers tous court aussi cette philosophie désenchantée, qui trouve son expression suprême dans l'art subtil de la litote et de l'ellipse. Enfin le vertige qui saisit le lecteur devant des dénouements aussi surprenants qu'habilement conduits lui laisse, aussitôt dissipé, une impression de malaise, comme si des abîmes s'entrouvraient sous les plages apparemment sans faille de narrations par trop simples et souriantes. Les influences littéraires et philosophiques (Schopenhauer, Baudelaire, Edgar Poe, Flaubert aussi, dont les récits de jeunesse foisonnent en épisodes horribles et répugnants) ne suffisent pas à elles seules à rendre compte de ce constant cheminement dans l'insolite. Il fallait un tempérament réceptif à de telles influences. Il n'est pas exagéré de dire que tous les personnages de ces contes portent le masque hideux des fantasmes de leur auteur.

***

La formule de cette collection exclut tout apparat critique. Il n'était donc pas question de consigner en notes les diverses variantes du texte. Au reste nous n'avons pas eu accès aux manuscrits de l'auteur. Cependant, la confrontation du texte de l'originale, de celui de la collection Ollendorff, et de celui des contes, tels qu'ils se lisent dans la presse où ils furent d'abord publiés, a permis d'éliminer quelques bévues et incohérences, qui abondent dans le texte d'Ollendorff, et dont l'édition originale elle-même n'est pas exempte. Ayant collationné mot par mot les deux textes imprimés en volume, nous avons toujours opté pour celui qui nous paraissait le plus satisfaisant, sans signaler ce choix par une note ni par un signe typographique. Si les deux textes nous paraissaient fautifs, et que celui du journal nous ait semblé préférable, nous avons apporté la rectification souhaitable, en la signalant par des crochets droits. Dans tous les cas, nos choix se sont fondés sur l'autorité d'une version imprimée.

Octobre 1976
Roger BISMUT.

NOTICE BIBLIOGRAPHIQUE

Le texte.

Nous indiquons, dans une note au début de chaque conte, le journal *(Le Gaulois* ou *Le Gil Blas)* dans lequel il a été publié pour la première fois, ainsi que la date de cette publication. L'édition originale des *Contes du Jour et de la Nuit*, élaborée sous le contrôle de l'auteur, doit être considérée comme le seul texte d'ensemble valable. Cependant, on y relève des coquilles et des omissions, que nous avons rectifiées et comblées à partir du texte paru dans la presse, lui aussi sous la surveillance de Maupassant.

Les éditions.

- Edition originale, publiée par C. Marpon et E. Flammarion (se reporter aux *Archives de l'Œuvre* pour sa description détaillée).
- Réédition chez Ollendorff dans la Collection des *Œuvres complètes illustrées* de Guy de Maupassant : la liste des Contes diffère sensiblement de celle de l'édition originale (notre Introduction indique ces discordances). Illustrations de V. Bocchino.
- Nouvelle édition dans la Collection des *Œuvres* de Guy de Maupassant (Conard, 1908-1910), en 29 volumes. Les *Contes du Jour et de la Nuit* occupent le volume n° 17 : ce sont ceux de l'édition

originale, et placés dans le même ordre. L'éditeur y a joint la nouvelle *Humble drame*.

- La maison Albin Michel a repris la succession de la Librairie Ollendorff, et réédité les *Contes du Jour et de la Nuit* dans un texte en tous points conforme à celui d'Ollendorff (illustrations comprises).
- Signalons encore l'édition des *Œuvres complètes* en 15 volumes de la Librairie de France, organisée par René Dumesnil; et une collection distribuée par le *Cercle du Bibliophile*, sous licence Albin Michel, Paris, Maurice Gonon, éditeur, et dirigée par Pascal Pia (illustrations originales et frontispice par Jean Gourmelin), Paris, s.d. (mais le volume a été imprimé à Lausanne). Le volume qui contient les *Contes du Jour et de la Nuit* inclut aussi le recueil *Yvette*, plus dix *Contes divers*.

Études sur Maupassant, l'homme et l'œuvre.

BRISSON (Ad.), *L'enfance et la jeunesse de Guy de Maupassant*. « Le Temps », 26 novembre et 7 décembre 1897.

BROCHON (P.), *Pour et contre Maupassant*. Lettre aux « Lettres Françaises » (numéro du 7 septembre 1950).

BROUSSON (J.-J.), *Maupassant rond-de-cuir*. « Nouvelles Littéraires », 20 août 1929.

BRUNETIÈRE (F.), *Le pessimisme dans le roman*. « Revue des Deux Mondes », 1885, t. 70, p. 224-227.

CASTELLA (Ch.), *Structures romanesques et vision sociale chez G. de Maupassant*. L'Age d'Homme, Lausanne, 1973.

CASTEX (P.-G.), *Le Conte fantastique en France de Nodier à Maupassant*. Paris, Corti, 1951.

COGNY (Pierre), *Maupassant, l'homme sans Dieu*. Bruxelles, La Renaissance du livre, 1968.

DORDANS (Elise), *Le paysan français d'après les romans du XIX*[e] *siècle*. Thè dactylographiée. Toulouse, 1925.

DUMESNIL (René), *Guy de Maupassant*. Paris, A. Colin, 1933.
– *L'époque réaliste et naturaliste*. Paris, Tallandier, 1945.

FRANÇOIS [TASSART], *Souvenirs sur Guy de Maupassant, par François, son valet de chambre*. Paris, Plon, 1911.
– *Nouveaux souvenirs intimes sur Guy de Maupassant*. Paris, Nizet, 1962.

GAMARRA (P.), *Maupassant et l'art de la nouvelle*. « Europe », juillet-août 1950.

GAUDEFROY-DEMOMBYNES (Lorraine), *La femme dans l'œuvre de Maupassant*. Paris, « Mercure de France », 1943.

KEDROS (A.), *Plaidoirie pour Maupassant*. « Lettres Françaises », 31 août 1950.

LANOUX (Armand), *Maupassant, le Bel Ami*. Paris, Hachette, 1967.

LEMAITRE (J.), *Les Contemporains*, Paris, Lecène et Oudin, 1885 : I, p. 285-310; 1892 : V, p. 1-12; 1896 : VI, p. 351-359.
– *Conteurs contemporains : M. Guy de Maupassant*. « La Revue Bleue » (n° 22, 29 janvier 1884, p. 673-679).

MAYNIAL (E.), *La vie et l'œuvre de Guy de Maupassant*. Paris, « Mercure de France », 1906.

MORAND (Paul), *Vie de Guy de Maupassant*, Paris, Flammarion, 1942.

NEVEUX (Pol), *Guy de Maupassant, biographie* : publiée en avant-propos à *Boule de Suif*. Paris, Conard, 1908, p. IX-CV.

SCHMIDT (A.-M.), *Maupassant par lui-même*. Paris, Le Seuil, 1962.

SULLIVAN (E. D.), *Maupassant the Novelist*, Princeton, 1954.

VIAL (André-Marc), *Maupassant et l'art du roman*. Paris, 1954.

CONTES DU JOUR ET DE LA NUIT

LE CRIME AU PERE BONIFACE[1]

1. Ce conte a paru d'abord dans *Le Gil Blas* du 24 juin 1884, sous la signature de *Guy de Maupassant*.

Ce jour-là le facteur Boniface, en sortant de la maison de poste, constata que sa tournée serait moins longue que de coutume, et il en ressentit une joie vive. Il était chargé de la campagne autour du bourg de Vireville, et, quand il revenait, le soir, de son long pas fatigué, il avait parfois plus de quarante kilomètres dans les jambes.

Donc la distribution serait vite faite; il pourrait même flâner un peu en route et rentrer chez lui vers trois heures de relevée. Quelle chance!

Il sortit du bourg par le chemin de Sennemare et commença sa besogne. On était en juin, dans le mois vert et fleuri, le vrai mois des plaines.

L'homme, vêtu de sa blouse bleue et coiffé d'un képi noir à galon rouge, traversait, par des sentiers étroits, les champs de colza, d'avoine ou de blé, enseveli jusqu'aux épaules dans les récoltes; et sa tête, passant au-dessus des épis, semblait flotter sur une mer calme et verdoyante qu'une brise légère faisait mollement onduler.

Il entrait dans les fermes par la barrière de bois plantée dans les talus qu'ombrageaient deux rangées de hêtres, et saluant par son nom le paysan : « Bonjour, maît' Chicot », il lui tendait son journal *le Petit Normand*. Le fermier essuyait sa main à son fond de culotte, recevait la feuille de papier et la glissait dans sa poche pour la lire à son aise après le repas de midi. Le chien, logé dans un baril, au pied d'un pommier penchant, jappait avec fureur en tirant sur sa chaîne;

et le piéton, sans se retourner, repartait de son allure militaire, en allongeant ses grandes jambes, le bras gauche sur sa sacoche, et le droit manœuvrant sur sa canne qui marchait comme lui d'une façon continue et pressée.

Il distribua ses imprimés et ses lettres dans le hameau de Sennemare, puis il se remit en route à travers champs pour porter le courrier du percepteur qui habitait une petite maison isolée à un kilomètre du bourg.

C'était un nouveau percepteur, M. Chapatis, arrivé la semaine dernière et marié depuis peu.

Il recevait un journal de Paris, et, parfois le facteur Boniface, quand il avait le temps, jetait un coup d'œil sur l'imprimé, avant de le remettre au destinataire.

Donc, il ouvrit sa sacoche, prit la feuille, la fit glisser hors de sa bande, la déplia, et se mit à lire tout en marchant. La première page ne l'intéressait guère; la politique le laissait froid; il passait toujours la finance, mais les faits divers le passionnaient.

Ils étaient très nourris ce jour-là. Il s'émut même si vivement au récit d'un crime accompli dans le logis d'un garde-chasse, qu'il s'arrêta au milieu d'une pièce de trèfle, pour le relire lentement. Les détails étaient affreux. Un bûcheron, en passant au matin auprès de la maison forestière, avait remarqué un peu de sang sur le seuil, comme si on avait saigné du nez. « Le garde aura tué quelque lapin cette nuit », pensa-t-il; mais en approchant il s'aperçut que la porte demeurait entr'ouverte et que la serrure avait été brisée. Alors, saisi de peur, il courut au village prévenir le maire, celui-ci prit comme renfort le garde champêtre et l'instituteur : et les quatre hommes revinrent ensemble. Ils trouvèrent le forestier égorgé devant la cheminée, sa femme étranglée sous le lit, et leur petite fille, âgée de six ans, étouffée entre deux matelas.

Le facteur Boniface demeura tellement ému à la pensée de cet assassinat dont toutes les horribles circonstances lui apparaissaient coup sur coup, qu'il se sentit une faiblesse dans les jambes, et il prononça tout haut :

— Nom de nom, y a-t-il tout de même des gens qui sont canailles!

Puis il repassa le journal dans sa ceinture de papier et repartit, la tête pleine de la vision du crime. Il atteignit bientôt la demeure de M. Chapatis; il ouvrit la barrière du petit jardin et s'approcha de la maison. C'était une construction basse, ne contenant qu'un rez-de-chaussée, coiffé d'un toit mansardé. Elle était éloignée de cinq cents mètres au moins de la maison la plus voisine.

Le facteur monta les deux marches du perron, posa la main sur la serrure, essaya d'ouvrir la porte, et constata qu'elle était fermée. Alors, il s'aperçut que les volets n'avaient point été ouverts, et que personne encore n'était sorti ce jour-là.

Une inquiétude l'envahit, car M. Chapatis, depuis son arrivée, s'était levé assez tôt. Boniface tira sa montre. Il n'était encore que sept heures dix minutes du matin, il se trouvait donc en avance de près d'une heure. N'importe, le percepteur aurait dû être debout.

Alors il fit le tour de la demeure en marchant avec précaution, comme s'il eût couru quelque danger. Il ne remarqua rien de suspect, que des pas d'homme dans une plate-bande de fraisiers.

Mais tout à coup, il demeura immobile, perclus d'angoisse, en passant devant une fenêtre. On gémissait dans la maison.

Il s'approcha, et enjambant une bordure de thym, colla son oreille contre l'auvent pour mieux écouter; assurément on gémissait. Il entendait fort bien de longs soupirs douloureux, une sorte de râle, un bruit de lutte. Puis, les gémissements devinrent plus forts, plus répétés, s'accentuèrent encore, se changèrent en cris.

Alors Boniface, ne doutant plus qu'un crime s'accomplissait en ce moment-là même, chez le percepteur, partit à toutes jambes, retraversa le petit jardin, s'élança à travers la plaine, à travers les récoltes, courant à perdre haleine, secouant sa sacoche qui lui battait les reins, et il arriva, exténué, haletant, éperdu, à la porte de la gendarmerie.

Le brigadier Malautour raccommodait une chaise

brisée, au moyen de pointes et d'un marteau. Le gendarme Rautier tenait entre ses jambes le meuble avarié et présentait un clou sur les bords de la cassure; alors le brigadier, mâchant sa moustache, les yeux ronds et mouillés d'attention, tapait à tous coups sur les doigts de son subordonné.

Le facteur, dès qu'il les aperçut, s'écria :

— Venez vite, on assassine le percepteur, vite, vite!

Les deux hommes cessèrent leur travail et levèrent la tête, ces têtes étonnées de gens qu'on surprend et qu'on dérange.

Boniface, les voyant plus surpris que pressés, répéta :

— Vite! vite! Les voleurs sont dans la maison, j'ai entendu les cris, il n'est que temps.

Le brigadier, posant son marteau par terre, demanda :

— Qu'est-ce qui vous a donné connaissance de ce fait ?

Le facteur reprit :

— J'allais porter le journal avec deux lettres quand je remarquai que la porte était fermée et que le percepteur n'était pas levé. Je fis le tour de la maison pour me rendre compte, et j'entendis qu'on gémissait comme si on eût étranglé quelqu'un ou qu'on lui eût coupé la gorge; alors je m'en suis parti au plus vite pour vous chercher. Il n'est que temps.

Le brigadier se redressant, reprit :

— Et vous n'avez pas porté secours en personne ?

Le facteur effaré répondit :

— Je craignais de n'être pas en nombre suffisant.

Alors le gendarme, convaincu, annonça :

— Le temps de me vêtir et je vous suis.

Et il entra dans la gendarmerie, suivi par son soldat qui rapportait la chaise.

Ils reparurent presque aussitôt, et tous trois se mirent en route, au pas gymnastique, pour le lieu du crime.

En arrivant près de la maison, ils ralentirent leur allure par précaution, et le brigadier tira son revolver, puis ils pénétrèrent tout doucement dans le jardin et s'approchèrent de la muraille. Aucune trace nouvelle n'indiquait que les malfaiteurs fussent partis. La porte demeurait fermée, les fenêtres closes.

— Nous les tenons, murmura le brigadier.

Le père Boniface, palpitant d'émotion, le fit passer de l'autre côté, et, lui montrant un auvent :

— C'est là, dit-il.

Et le brigadier s'avança tout seul, et colla son oreille contre la planche. Les deux autres attendaient, prêts à tout, les yeux fixés sur lui.

Il demeura longtemps immobile, écoutant. Pour mieux approcher sa tête du volet de bois, il avait ôté son tricorne et le tenait de sa main droite.

Qu'entendait-il ? Sa figure impassible ne révélait rien, mais soudain sa moustache se retroussa, ses joues se plissèrent comme pour un rire silencieux, et enjambant de nouveau la bordure de thym, il revint vers les deux hommes, qui le regardaient avec stupeur.

Puis il leur fit signe de le suivre en marchant sur la pointe des pieds; et, revenant devant l'entrée, il enjoignit à Boniface de glisser sous la porte le journal et les lettres.

Le facteur, interdit, obéit cependant avec docilité.

— Et maintenant, en route, dit le brigadier.

Mais, dès qu'ils eurent passé la barrière, il se retourna vers le piéton, et, d'un air goguenard, la lèvre narquoise, l'œil retroussé et brillant de joie :

— Que vous êtes un malin, vous!

Le vieux demanda :

— De quoi ? j'ai entendu, j'vous jure que j'ai entendu.

Mais le gendarme, n'y tenant plus, éclata de rire. Il riait comme on suffoque, les deux mains sur le ventre, plié en deux, l'œil plein de larmes, avec d'affreuses grimaces autour du nez. Et les deux autres, affolés, le regardaient.

Mais comme il ne pouvait ni parler, ni cesser de rire, ni faire comprendre ce qu'il avait, il fit un geste, un geste populaire et polisson.

Comme on ne le comprenait toujours pas, il le répéta, plusieurs fois de suite, en désignant d'un signe de tête la maison toujours close.

Et son soldat, comprenant brusquement à son tour, éclata d'une gaîté formidable.

Le vieux demeurait stupide entre ces deux hommes qui se tordaient.

Le brigadier, à la fin, se calma, et lançant dans le ventre du vieux une grande tape d'homme qui rigole, il s'écria :

— Ah! farceur, sacré farceur, je le retiendrai l'crime au père Boniface!

Le facteur ouvrait des yeux énormes et il répéta :

— J'vous jure que j'ai entendu.

Le brigadier se remit à rire. Son gendarme s'était assis sur l'herbe du fossé pour se tordre tout à son aise.

— Ah! t'as entendu. Et ta femme, c'est-il comme ça que tu l'assassines, hein, vieux farceur?

— Ma femme ?...

Et il se mit à réfléchir longuement, puis il reprit :

— Ma femme... Oui, all' gueule quand j'y fiche des coups... Mais all' gueule, que c'est gueuler, quoi. C'est-il donc que M. Chapatis battait la sienne ?

Alors le brigadier, dans un délire de joie, le fit tourner comme une poupée par les épaules, et lui souffla dans l'oreille quelque chose dont l'autre demeura abruti d'étonnement.

Puis le vieux, pensif, murmura :

— Non... point comme ça..., point comme ça..., point comme ça..., all' n' dit rien, la mienne... J'aurais jamais cru... si c'est possible... on aurait juré une martyre...

Et, confus, désorienté, honteux, il reprit son chemin à travers les champs, tandis que le gendarme et le brigadier, riant toujours et lui criant, de loin, de grasses plaisanteries de caserne, regardaient s'éloigner son képi noir, sur la mer tranquille des récoltes.

ROSE [1]

1. Ce conte a paru d'abord dans *Le Gil Blas* du 29 janvier 1884, sous le pseudonyme de *Maufrigneuse*.

Les deux jeunes femmes ont l'air ensevelies sous une couche de fleurs. Elles sont seules dans l'immense landau chargé de bouquets comme une corbeille géante. Sur la banquette du devant, deux bannettes de satin blanc sont pleines de violettes de Nice, et sur la peau d'ours qui couvre les genoux un amoncellement de roses, de mimosas, de giroflées, de marguerites, de tubéreuses et de fleurs d'oranger, noués avec des faveurs de soie, semble écraser les deux corps délicats, ne laissant sortir de ce lit éclatant et parfumé que les épaules, les bras et un peu des corsages dont l'un est bleu et l'autre lilas.

Le fouet du cocher porte un fourreau d'anémones, les traits des chevaux sont capitonnés avec des ravenelles, les rayons des roues sont vêtus de réséda; et, à la place des lanternes, deux bouquets ronds, énormes, ont l'air des deux yeux étranges de cette bête roulante et fleurie.

Le landau parcourt au grand trot la route, la rue d'Antibes, précédé, suivi, accompagné par une foule d'autres voitures enguirlandées, pleines de femmes disparues sous un flot de violettes. Car c'est la fête des fleurs à Cannes.

On arrive au boulevard de la Foncière, où la bataille a lieu. Tout le long de l'immense avenue, une double file d'équipages enguirlandés va et revient comme un ruban sans fin. De l'un à l'autre on se jette des fleurs. Elles passent dans l'air comme des balles, vont frapper les frais visages, voltigent et retombent dans la poussière où une armée de gamins les ramasse.

Une foule compacte, rangée sur les trottoirs, et maintenue par les gendarmes à cheval qui passent brutalement et repoussent les curieux à pied comme pour ne point permettre aux vilains de se mêler aux riches, regarde, bruyante et tranquille.

Dans les voitures, on s'appelle, on se reconnaît, on se mitraille avec des roses. Un char plein de jolies femmes, vêtues de rouge comme des diables, attire et séduit les yeux. Un monsieur, qui ressemble aux portraits d'Henri IV, lance avec une ardeur joyeuse un énorme bouquet retenu par un élastique. Sous la menace du choc, les femmes se cachent les yeux et les hommes baissent la tête, mais le projectile gracieux, rapide et docile, décrit une courbe et revient à son maître qui le jette aussitôt vers une figure nouvelle.

Les deux jeunes femmes vident à pleines mains leur arsenal et reçoivent une grêle de bouquets; puis, après une heure de bataille, un peu lasses enfin, elles ordonnent au cocher de suivre la route du golfe Juan, qui longe la mer.

Le soleil disparaît derrière l'Esterel, dessinant en noir, sur un couchant de feu, la silhouette dentelée de la longue montagne. La mer calme s'étend, bleue et claire, jusqu'à l'horizon où elle se mêle au ciel, et l'escadre, ancrée au milieu du golfe, a l'air d'un troupeau de bêtes monstrueuses, immobiles sur l'eau, animaux apocalyptiques, cuirassés et bossus, coiffés de mâts frêles comme des plumes, et avec des yeux qui s'allument quand vient la nuit.

Les jeunes femmes, étendues sous la lourde fourrure, regardent languissamment. L'une dit enfin :

— Comme il y a des soirs délicieux, où tout semble bon. N'est-ce pas, Margot ?

L'autre reprit :

— Oui, c'est bon. Mais il manque toujours quelque chose.

— Quoi donc ? Moi je me sens heureuse tout à fait. Je n'ai besoin de rien.

— Si. Tu n'y penses pas. Quel que soit le bien-être

qui engourdit notre corps, nous désirons toujours quelque chose de plus... pour le cœur.

Et l'autre, souriant :

— Un peu d'amour ?

— Oui.

Elles se turent, regardant devant elles, puis celle qui s'appelait Marguerite murmura :

— La vie ne me semble pas supportable sans cela. J'ai besoin d'être aimée, ne fût-ce que par un chien. Nous sommes toutes ainsi, d'ailleurs, quoi que tu en dises, Simone.

— Mais non, ma chère. J'aime mieux n'être pas aimée du tout que de l'être par n'importe qui. Crois-tu que cela me serait agréable, par exemple, d'être aimée par... par...

Elle cherchait par qui elle pourrait bien être aimée, parcourant de l'œil le vaste paysage. Ses yeux, après avoir fait le tour de l'horizon, tombèrent sur les deux boutons de métal qui luisaient dans le dos du cocher, et elle reprit, en riant : « par mon cocher ».

Mme Margot sourit à peine et prononça, à voix basse :

— Je t'assure que c'est très amusant d'être aimée par un domestique. Cela m'est arrivé deux ou trois fois. Ils roulent des yeux si drôles que c'est à mourir de rire. Naturellement, on se montre d'autant plus sévère qu'ils sont plus amoureux, puis on les met à la porte, un jour, sous le premier prétexte venu, parce qu'on deviendrait ridicule si quelqu'un s'en apercevait.

Mme Simone écoutait, le regard fixe devant elle, puis elle déclara :

— Non, décidément, le cœur de mon valet de pied ne me paraîtrait pas suffisant. Raconte-moi donc comment tu t'apercevais qu'ils t'aimaient.

— Je m'en apercevais comme avec les autres hommes, lorsqu'ils devenaient stupides.

— Les autres ne me paraissent pas si bêtes à moi, quand ils m'aiment.

— Idiots, ma chère, incapables de causer, de répondre, de comprendre quoi que ce soit.

— Mais toi, qu'est-ce que cela te faisait d'être aimée par un domestique ? Tu étais quoi... émue... flattée ?

— Émue ? non — flattée — oui, un peu. On est toujours flatté de l'amour d'un homme quel qu'il soit.

— Oh, voyons, Margot!

— Si, ma chère. Tiens, je vais te dire une singulière aventure qui m'est arrivée. Tu verras comme c'est curieux et confus ce qui se passe en nous dans ces cas-là.

Il y aura quatre ans à l'automne, je me trouvais sans femme de chambre. J'en avais essayé l'une après l'autre cinq ou six qui étaient ineptes, et je désespérais presque d'en trouver une, quand je lus, dans les petites annonces d'un journal, qu'une jeune fille sachant coudre, broder, coiffer, cherchait une place, et qu'elle fournirait les meilleurs renseignements. Elle parlait en outre l'anglais.

J'écrivis à l'adresse indiquée, et, le lendemain, la personne en question se présenta. Elle était assez grande, mince, un peu pâle, avec l'air très timide. Elle avait de beaux yeux noirs, un teint charmant, elle me plut tout de suite. Je lui demandai ses certificats : elle m'en donna un en anglais, car elle sortait, disait-elle, de la maison de lady Rymwell, où elle était restée dix ans.

Le certificat attestait que la jeune fille était partie de son plein gré pour rentrer en France et qu'on n'avait eu à lui reprocher, pendant son long service, qu'un peu de *coquetterie française*.

La tournure pudibonde de la phrase anglaise me fit même un peu sourire et j'arrêtai sur-le-champ cette femme de chambre.

Elle entra chez moi le jour même; elle se nommait Rose.

Au bout d'un mois je l'adorais.

C'était une trouvaille, une perle, un phénomène.

Elle savait coiffer avec un goût infini; elle chiffonnait les dentelles d'un chapeau mieux que les meilleures modistes et elle savait même faire les robes.

J'étais stupéfaite de ses facultés. Jamais je ne m'étais trouvée servie ainsi.

Elle m'habillait rapidement avec une légèreté de mains étonnante. Jamais je ne sentais ses doigts sur ma peau, et rien ne m'est désagréable comme le contact d'une main de bonne. Je pris bientôt des habitudes de paresse excessives, tant il m'était agréable de me laisser vêtir, des pieds à la tête, et de la chemise aux gants, par cette grande fille timide, toujours un peu rougissante, et qui ne parlait jamais. Au sortir du bain, elle me frictionnait et me massait pendant que je sommeillais un peu sur mon divan; je la considérais, ma foi, en amie de condition inférieure, plutôt qu'en simple domestique.

Or, un matin, mon concierge demanda avec mystère à me parler. Je fus surprise et je le fis entrer. C'était un homme très sûr, un vieux soldat, ancienne ordonnance de mon mari.

Il paraissait gêné de ce qu'il avait à dire. Enfin, il prononça en bredouillant :

— Madame, il y a en bas le commissaire de police du quartier.

Je demandai brusquement :

— Qu'est-ce qu'il veut ?

— Il veut faire une perquisition dans l'hôtel.

Certes, la police est utile, mais je la déteste. Je trouve que ce n'est pas là un métier noble. Et je répondis, irritée autant que blessée :

— Pourquoi cette perquisition ? A quel propos ? Il n'entrera pas.

Le concierge reprit :

— Il prétend qu'il y a un malfaiteur caché.

Cette fois j'eus peur et j'ordonnai d'introduire le commissaire de police auprès de moi pour avoir des explications. C'était un homme assez bien élevé, décoré de la Légion d'honneur. Il s'excusa, demanda pardon, puis m'affirma que j'avais, parmi les gens de service, un forçat!

Je fus révoltée; je répondis que je garantissais tout le domestique de l'hôtel et je le passai en revue.

— Le concierge, Pierre Courtin, ancien soldat.

— Ce n'est pas lui.

— Le cocher François Pingau, un paysan champenois, fils d'un fermier de mon père.

— Ce n'est pas lui.

— Un valet d'écurie, pris en Champagne également, et toujours fils de paysans que je connais, plus un valet de pied que vous venez de voir.

— Ce n'est pas lui.

— Alors, monsieur, vous voyez bien que vous vous trompez.

— Pardon, madame, je suis sûr de ne pas me tromper. Comme il s'agit d'un criminel redoutable, voulez-vous avoir la gracieuseté de faire comparaître ici, devant vous et moi, tout votre monde ?

Je résistai d'abord, puis je cédai, et je fis monter tous mes gens, hommes et femmes.

Le commissaire de police les examina d'un seul coup d'œil, puis déclara :

— Ce n'est pas tout.

— Pardon, monsieur, il n'y a plus que ma femme de chambre, une jeune fille que vous ne pouvez confondre avec un forçat.

Il demanda :

— Puis-je la voir aussi ?

— Certainement.

Je sonnai Rose qui parut aussitôt. A peine fut-elle entrée que le commissaire fit un signe, et deux hommes que je n'avais pas vus, cachés derrière la porte, se jetèrent sur elle, lui saisirent les mains et les lièrent avec des cordes.

Je poussai un cri de fureur, et je voulus m'élancer pour la défendre. Le commissaire m'arrêta :

— Cette fille, madame, est un homme qui s'appelle Jean-Nicolas Lecapet, condamné à mort en 1879 pour assassinat précédé de viol. Sa peine fut commuée en prison perpétuelle. Il s'échappa voici quatre mois. Nous le cherchons depuis lors.

J'étais affolée, atterrée. Je ne croyais pas. Le commissaire reprit en riant :

— Je ne puis vous donner qu'une preuve. Il a le bras droit tatoué.

La manche fut relevée. C'était vrai.

L'homme de police ajouta avec un certain mauvais goût :

— Fiez-vous-en à nous pour les autres constatations.

Et on emmena ma femme de chambre!

Eh bien, le croirais-tu, ce qui dominait en moi ce n'était pas la colère d'avoir été jouée ainsi, trompée et ridiculisée; ce n'était pas la honte d'avoir été ainsi habillée, déshabillée, maniée et touchée par cet homme... mais une... humiliation profonde... une humiliation de femme. Comprends-tu ?

— Non, pas très bien.

— Voyons... Réfléchis... Il avait été condamné... pour viol, ce garçon... eh bien! je pensais... à celle qu'il avait violée... et ça..., ça m'humiliait... Voilà... Comprends-tu, maintenant ?

Et Mme Margot [1] ne répondit pas. Elle regardait droit devant elle, d'un œil fixe et singulier, les deux boutons luisants de la livrée, avec ce sourire de sphinx qu'ont parfois les femmes.

1. Lapsus évident pour *Mme Simone* (puisque l'histoire est contée par « celle qui s'appelait Marguerite »). Ce lapsus existe dans la version du *Gil Blas*.

LE PERE [1]

1. Ce conte a paru d'abord dans *Le Gil Blas* du 20 novembre 1883, sous le pseudonyme de *Maufrigneuse*.

Comme il habitait les Batignolles, étant employé au ministère de l'Instruction publique, il prenait chaque matin l'omnibus, pour se rendre à son bureau. Et chaque matin il voyageait jusqu'au centre de Paris, en face d'une jeune fille dont il devint amoureux.

Elle allait à son magasin, tous les jours, à la même heure. C'était une petite brunette, de ces brunes dont les yeux sont si noirs qu'ils ont l'air de taches, et dont le teint a des reflets d'ivoire. Il la voyait apparaître toujours au coin de la même rue; et elle se mettait à courir pour rattraper la lourde voiture. Elle courait d'un petit air pressé, souple et gracieux; et elle sautait sur le marchepied avant que les chevaux fussent tout à fait arrêtés. Puis elle pénétrait dans l'intérieur en soufflant un peu, et, s'étant assise, jetait un regard autour d'elle.

La première fois qu'il la vit, François Tessier sentit que cette figure-là lui plaisait infiniment. On rencontre parfois de ces femmes qu'on a envie de serrer éperdument dans ses bras, tout de suite, sans les connaître. Elle répondait, cette jeune fille, à ses désirs intimes, à ses attentes secrètes, à cette sorte d'idéal d'amour qu'on porte, sans le savoir, au fond du cœur.

Il la regardait obstinément, malgré lui. Gênée par cette contemplation, elle rougit. Il s'en aperçut et voulut détourner les yeux; mais il les ramenait à tout moment sur elle, quoiqu'il s'efforçât de les fixer ailleurs.

Au bout de quelques jours, ils se connurent sans

s'être parlé. Il lui cédait sa place quand la voiture était pleine et montait sur l'impériale, bien que cela le désolât. Elle le saluait maintenant d'un petit sourire; et, quoiqu'elle baissât toujours les yeux sous son regard qu'elle sentait trop vif, elle ne semblait plus fâchée d'être contemplée ainsi.

Ils finirent par causer. Une sorte d'intimité rapide s'établit entre eux, une intimité d'une demi-heure par jour. Et c'était là, certes, la plus charmante demi-heure de sa vie à lui. Il pensait à elle tout le reste du temps, la revoyait sans cesse pendant les longues séances du bureau, hanté, possédé, envahi par cette image flottante et tenace qu'un visage de femme aimée laisse en nous. Il lui semblait que la possession entière de cette petite personne serait pour lui un bonheur fou, presque au-dessus des réalisations humaines.

Chaque matin maintenant elle lui donnait une poignée de main, et il gardait jusqu'au soir la sensation de ce contact, le souvenir dans sa chair de la faible pression de ces petits doigts; il lui semblait qu'il en avait conservé l'empreinte sur sa peau.

Il attendait anxieusement pendant tout le reste du temps ce court voyage en omnibus. Et les dimanches lui semblaient navrants.

Elle aussi l'aimait, sans doute, car elle accepta, un samedi de printemps, d'aller déjeuner avec lui, à Maisons-Laffitte, le lendemain.

***

Elle était la première à l'attendre à la gare. Il fut surpris; mais elle lui dit :

— Avant de partir, j'ai à vous parler. Nous avons vingt minutes : c'est plus qu'il ne faut.

Elle tremblait, appuyée à son bras, les yeux baissés et les joues pâles. Elle reprit :

— Il ne faut pas que vous vous trompiez sur moi. Je suis une honnête fille, et je n'irai là-bas avec vous que si vous me promettez, si vous me jurez de ne rien... de ne rien faire... qui soit... qui ne soit pas... convenable...

Elle était devenue soudain plus rouge qu'un coquelicot. Elle se tut. Il ne savait que répondre, heureux et désappointé en même temps. Au fond du cœur, il préférait peut-être que ce fût ainsi; et pourtant... pourtant il s'était laissé bercer, cette nuit, par des rêves qui lui avaient mis le feu dans les veines. Il l'aimerait moins assurément s'il la savait de conduite légère; mais alors ce serait si charmant, si délicieux pour lui! Et tous les calculs égoïstes des hommes en matière d'amour lui travaillaient l'esprit.

Comme il ne disait rien, elle se remit à parler à voix émue, avec des larmes au coin des paupières :

— Si vous ne me promettez pas de me respecter tout à fait, je m'en retourne à la maison.

Il lui serra le bras tendrement et répondit :

— Je vous le promets; vous ne ferez que ce que vous voudrez.

Elle parut soulagée et demanda en souriant :

— C'est bien vrai, ça ?

Il la regarda au fond des yeux.

— Je vous le jure!

— Prenons les billets, dit-elle.

Ils ne purent guère parler en route, le wagon étant au complet.

Arrivés à Maisons-Laffitte, ils se dirigèrent vers la Seine.

L'air tiède amollissait la chair et l'âme. Le soleil tombant en plein sur le fleuve, sur les feuilles et les gazons, jetait mille reflets de gaîté dans les corps et dans les esprits. Ils allaient, la main dans la main, le long de la berge, en regardant les petits poissons qui glissaient, par troupes, entre deux eaux. Ils allaient, inondés de bonheur, comme soulevés de terre dans une félicité éperdue.

Elle dit enfin :

— Comme vous devez me trouver folle!

Il demanda :

— Pourquoi ça ?

Elle reprit :

— N'est-ce pas une folie de venir comme ça toute seule avec vous ?

— Mais non! c'est bien naturel.

— Non! non! ce n'est pas naturel — pour moi, — parce que je ne veux pas fauter, — et c'est comme ça qu'on faute, cependant. Mais si vous saviez! c'est si triste, tous les jours, la même chose, tous les jours du mois et tous les mois de l'année. Je suis toute seule avec maman. Et comme elle a eu bien des chagrins, elle n'est pas gaie. Moi, je fais comme je peux. Je tâche de rire quand même; mais je ne réussis pas toujours. C'est égal, c'est mal d'être venue. Vous ne m'en voudrez pas, au moins.

Pour répondre, il l'embrassa vivement dans l'oreille. Mais elle se sépara de lui, d'un mouvement brusque; et, fâchée soudain :

— Oh! monsieur François! après ce que vous m'avez juré.

Et ils revinrent vers Maisons-Laffitte.

Ils déjeunèrent au Petit-Havre, maison basse, ensevelie sous quatre peupliers énormes, au bord de l'eau. Le grand air, la chaleur, le petit vin blanc et le trouble de se sentir l'un près de l'autre les rendaient rouges, oppressés et silencieux.

Mais après le café une joie brusque les envahit, et, ayant traversé la Seine, ils repartirent le long de la rive, vers le village de La Frette.

Tout à coup il demanda :

— Comment vous appelez-vous ?

— Louise.

Il répéta : Louise; et il ne dit plus rien.

La rivière, décrivant une longue courbe, allait baigner au loin une rangée de maisons blanches qui se miraient dans l'eau, la tête en bas. La jeune fille cueillait des marguerites, faisait une grosse gerbe champêtre, et lui, il chantait à pleine bouche, gris comme un jeune cheval qu'on vient de mettre à l'herbe.

A leur gauche, un coteau planté de vignes suivait la rivière. Mais François soudain s'arrêta et demeurant immobile d'étonnement :

— Oh! regardez, dit-il.

Les vignes avaient cessé, et toute la côte maintenant était couverte de lilas en fle s. C'était un bois violet, une sorte de grand tapis étendu sur la terre, allant jusqu'au village, là-bas, à deux ou trois kilomètres.

Elle restait aussi saisie, émue. Elle murmura :

— Oh! que c'est joli!

Et, traversant un champ, ils allèrent, en courant, vers cette étrange colline, qui fournit, chaque année, tous les lilas traînés, à travers Paris, dans les petites voitures des marchandes ambulantes.

Un étroit sentier se perdait sous les arbustes. Ils le prirent et, ayant rencontré une petite clairière, ils s'assirent.

Des légions de mouches bourdonnaient au-dessus d'eux, jetaient dans l'air un ronflement doux et continu. Et le soleil, le grand soleil d'un jour sans brise, s'abattait sur le long coteau épanoui, faisait sortir de ce bois de bouquets un arôme puissant, un immense souffle de parfums, cette sueur des fleurs.

Une cloche d'église sonnait au loin.

Et, tout doucement, ils s'embrassèrent, puis s'étreignirent, étendus sur l'herbe, sans conscience de rien que de leur baiser. Elle avait fermé les yeux et le tenait à pleins bras, le serrant éperdument, sans une pensée, la raison perdue, engourdie de la tête aux pieds dans une attente passionnée. Et elle se donna tout entière sans savoir ce qu'elle faisait, sans comprendre même qu'elle s'était livrée à lui.

Elle se réveilla dans l'affolement des grands malheurs et elle se mit à pleurer, gémissant de douleur, la figure cachée sous ses mains.

Il essayait de la consoler. Mais elle voulut repartir, revenir, rentrer tout de suite. Elle répétait sans cesse, en marchant à grands pas :

— Mon Dieu! mon Dieu!

Il lui disait :

— Louise! Louise! restons, je vous en prie.

Elle avait maintenant les pommettes rouges et les yeux caves. Dès qu'ils furent dans la gare de Paris, elle le quitta sans même lui dire adieu.

*
* *

Quand il la rencontra, le lendemain, dans l'omnibus, elle lui parut changée, amaigrie. Elle lui dit :

— Il faut que je vous parle; nous allons descendre au boulevard.

Dès qu'ils furent seuls sur le trottoir :

— Il faut nous dire adieu, dit-elle. Je ne peux pas vous revoir après ce qui s'est passé.

Il balbutia :

— Mais, pourquoi ?

— Parce que je ne peux pas. J'ai été coupable. Je ne le serai plus.

Alors il l'implora, la supplia, torturé de désirs, affolé du besoin de l'avoir tout entière, dans l'abandon absolu des nuits d'amour.

Elle répétait obstinément :

— Non, je ne peux pas. Non, je ne peux pas.

Mais il s'animait, s'excitait davantage. Il promit de l'épouser. Elle dit encore :

— Non.

Et le quitta.

Pendant huit jours, il ne la vit pas. Il ne la put rencontrer, et comme il ne savait point son adresse, il la crut perdue pour toujours.

Le neuvième, au soir, on sonna chez lui. Il alla ouvrir. C'était elle. Elle se jeta dans ses bras, et ne résista plus.

Pendant trois mois, elle fut sa maîtresse. Il commençait à se lasser d'elle, quand elle lui apprit qu'elle était grosse. Alors, il n'eut plus qu'une idée en tête : rompre à tout prix.

Comme il n'y pouvait parvenir, ne sachant s'y prendre, ne sachant que dire, affolé d'inquiétudes, avec la peur de cet enfant qui grandissait, il prit un parti suprême. Il déménagea, une nuit, et disparut.

Le coup fut si rude qu'elle ne chercha pas celui qui l'avait ainsi abandonnée. Elle se jeta aux genoux de sa mère en lui confessant son malheur; et, quelques mois plus tard, elle accoucha d'un garçon.

***

Des années s'écoulèrent. François Tessier vieillissait sans qu'aucun changement se fît en sa vie. Il menait l'existence monotone et morne des bureaucrates, sans espoirs et sans attentes. Chaque jour, il se levait à la même heure, suivait les mêmes rues, passait par la même porte devant le même concierge, entrait dans le même bureau, s'asseyait sur le même siège, et accomplissait la même besogne. Il était seul au monde, seul, le jour, au milieu de ses collègues indifférents, seul, la nuit, dans son logement de garçon. Il économisait cent francs par mois pour la vieillesse.

Chaque dimanche, il faisait un tour aux Champs-Élysées, afin de regarder passer le monde élégant, les équipages et les jolies femmes.

Il disait le lendemain, à son compagnon de peine :

— Le retour du Bois était fort brillant, hier.

Or, un dimanche, par hasard, ayant suivi des rues nouvelles, il entra au parc Monceau. C'était par un clair matin d'été.

Les bonnes et les mamans, assises le long des allées, regardaient les enfants jouer devant elles.

Mais soudain François Tessier frissonna. Une femme passait, tenant par la main deux enfants : un petit garçon d'environ dix ans, et une petite fille de quatre ans. C'était elle.

Il fit encore une centaine de pas, puis s'affaissa sur une chaise, suffoqué par l'émotion. Elle ne l'avait pas reconnu. Alors il revint, cherchant à la voir encore. Elle s'était assise, maintenant. Le garçon demeurait très sage, à son côté, tandis que la fillette faisait des pâtés de terre. C'était elle, c'était bien elle. Elle avait un air sérieux de dame, une toilette simple, une allure assurée et digne.

Il la regardait de loin, n'osant pas approcher. Le petit garçon leva la tête. François Tessier se sentit trembler. C'était son fils, sans doute. Et il le considéra, et il crut se reconnaître lui-même tel qu'il était sur une photographie faite autrefois.

Et il demeura caché derrière un arbre, attendant qu'elle s'en allât, pour la suivre.

Il n'en dormit pas la nuit suivante. L'idée de l'enfant surtout le harcelait. Son fils! Oh! s'il avait pu savoir, être sûr ? Mais qu'aurait-il fait ?

Il avait vu sa maison; il s'informa. Il apprit qu'elle avait été épousée par un voisin, un honnête homme de mœurs graves, touché par sa détresse. Cet homme, sachant la faute et la pardonnant, avait même reconnu l'enfant, son enfant à lui, François Tessier.

Il revint au parc Monceau chaque dimanche. Chaque dimanche il la voyait, et chaque fois une envie folle, irrésistible, l'envahissait, de prendre son fils dans ses bras, de le couvrir de baisers, de l'emporter, de le voler.

Il souffrait affreusement dans son isolement misérable de vieux garçon sans affections; il souffrait une torture atroce, déchiré par une tendresse paternelle faite de remords, d'envie, de jalousie, et de ce besoin d'aimer ses petits que la nature a mis aux entrailles des êtres.

Il voulut enfin faire une tentative désespérée et, s'approchant d'elle, un jour, comme elle entrait au parc, il lui dit, planté au milieu du chemin, livide, les lèvres secouées de frissons :

— Vous ne me reconnaissez pas ?

Elle leva les yeux, le regarda, poussa un cri d'effroi, un cri d'horreur, et, saisissant par les mains ses deux enfants, elle s'enfuit, en les traînant derrière elle.

Il rentra chez lui pour pleurer.

Des mois encore passèrent. Il ne la voyait plus. Mais il souffrait jour et nuit, rongé, dévoré par sa tendresse de père.

Pour embrasser son fils, il serait mort, il aurait tué, il aurait accompli toutes les besognes, bravé tous les dangers, tenté toutes les audaces.

Il lui écrivit à elle. Elle ne répondit pas. Après vingt lettres, il comprit qu'il ne devait point espérer la fléchir. Alors il prit une résolution désespérée, et prêt à recevoir dans le cœur une balle de revolver s'il le fallait. Il adressa à son mari un billet de quelques mots :

« Monsieur,

« Mon nom doit être pour vous un sujet d'horreur. Mais je suis si misérable, si torturé par le chagrin, que je n'ai plus d'espoir qu'en vous.

« Je viens vous demander seulement un entretien de dix minutes.

« J'ai l'honneur, etc. »

Il reçut le lendemain la réponse :

« Monsieur,

« Je vous attends mardi à cinq heures. »

*
* *

En gravissant l'escalier, François Tessier s'arrêtait de marche en marche, tant son cœur battait. C'était dans sa poitrine un bruit précipité comme un galop de bête, un bruit sourd et violent. Et il ne respirait plus qu'avec effort, tenant la rampe pour ne pas tomber.

Au troisième étage, il sonna. Une bonne vint ouvrir. Il demanda :

— Monsieur Flamel.

— C'est ici, Monsieur. Entrez.

Et il pénétra dans un salon bourgeois. Il était seul; il attendit éperdu, comme au milieu d'une catastrophe.

Une porte s'ouvrit. Un homme parut. Il était grand, grave, un peu gros, en redingote noire. Il montra un siège de la main.

François Tessier s'assit, puis, d'une voix haletante :

— Monsieur... monsieur... je ne sais pas si vous connaissez mon nom... si vous savez...

M. Flamel l'interrompit :

— C'est inutile, Monsieur, je sais. Ma femme m'a parlé de vous.

Il avait le ton digne d'un homme bon qui veut être sévère, et une majesté bourgeoise d'honnête homme. François Tessier reprit :

— Eh bien, Monsieur, voilà. Je meurs de chagrin, de remords, de honte. Et je voudrais une fois, rien qu'une fois, embrasser... l'enfant...

M. Flamel se leva, s'approcha de la cheminée, sonna. La bonne parut. Il dit :

— Allez me chercher Louis.

Elle sortit. Ils restèrent face à face, muets, n'ayant plus rien à se dire, attendant.

Et, tout à coup, un petit garçon de dix ans se précipita dans le salon, et courut à celui qu'il croyait son père. Mais il s'arrêta, confus, en apercevant un étranger.

M. Flamel le baisa sur le front, puis lui dit :

— Maintenant, embrasse monsieur, mon chéri.

Et l'enfant s'en vint gentiment, en regardant cet inconnu.

François Tessier s'était levé. Il laissa tomber son chapeau, prêt à choir lui-même. Et il contemplait son fils.

M. Flamel, par délicatesse, s'était détourné, et il regardait par la fenêtre, dans la rue.

L'enfant attendait, tout surpris. Il ramassa le chapeau et le rendit à l'étranger. Alors François, saisissant le petit dans ses bras, se mit à l'embrasser follement à travers tout son visage, sur les yeux, sur les joues, sur la bouche, sur les cheveux.

Le gamin, effaré par cette grêle de baisers, cherchait à les éviter, détournait la tête, écartait de ses petites mains les lèvres goulues de cet homme.

Mais François Tessier, brusquement, le remit à terre. Il cria :

— Adieu! adieu!

Et il s'enfuit comme un voleur.

L'AVEU [1]

1. Ce conte a paru d'abord dans *Le Gil Blas* du 22 juillet 1884, sous la signature de *Guy de Maupassant*.

Le soleil de midi tombe en large pluie sur les champs. Ils s'étendent, onduleux, entre les bouquets d'arbres des fermes, et les récoltes diverses, les seigles mûrs et les blés jaunissants, les avoines d'un vert clair, les trèfles d'un vert sombre, étalent un grand manteau rayé, remuant et doux sur le ventre nu de la terre.

Là-bas, au sommet d'une ondulation, en rangée comme des soldats, une interminable ligne de vaches, les unes couchées, les autres debout, clignant leurs gros yeux sous l'ardente lumière, ruminent et pâturent un trèfle aussi vaste qu'un lac.

Et deux femmes, la mère et la fille, vont, d'une allure balancée l'une devant l'autre, par un étroit sentier creusé dans les récoltes, vers ce régiment de bêtes.

Elles portent chacune deux seaux de zinc maintenus loin du corps par un cerceau de barrique; et le métal, à chaque pas qu'elles font, jette une flamme éblouissante et blanche sous le soleil qui le frappe.

Elles ne parlent point. Elles vont traire les vaches. Elles arrivent, posent à terre un seau, et s'approchent des deux premières bêtes, qu'elles font lever d'un coup de sabot dans les côtes. L'animal se dresse, lentement, d'abord sur ses jambes de devant, puis soulève avec plus de peine sa large croupe, qui semble alourdie par l'énorme mamelle de chair blonde et pendante.

Et les deux Malivoire, mère et fille, à genoux sous le ventre de la vache, tirent par un vif mouvement des mains sur le pis gonflé, qui jette, à chaque pression, un mince fil de lait dans le seau. La mousse un peu jaune monte aux bords, et les femmes vont de bête en bête jusqu'au bout de la longue file.

Dès qu'elles ont fini d'en traire une, elles la déplacent, lui donnant à pâturer un bout de verdure intacte.

Puis elles repartent, plus lentement, alourdies par la charge du lait, la mère devant, la fille derrière.

Mais celle-ci brusquement s'arrête, pose son fardeau, s'assied et se met à pleurer.

La mère Malivoire, n'entendant plus marcher, se retourne et demeure stupéfaite.

— Qué qu'tas ? dit-elle.

Et la fille, Céleste, une grande rousse aux cheveux brûlés, aux joues brûlées, tachées de son comme si des gouttes de feu lui étaient tombées sur le visage, un jour qu'elle peinait au soleil, murmura en geignant doucement comme font les enfants battus :

— Je n'peux pu porter mon lait !

La mère la regardait d'un air soupçonneux. Elle répéta :

— Qué qu'tas ?

Céleste reprit, écroulée par terre entre ses deux seaux, et se cachant les yeux avec son tablier.

— Ça me tire trop. Je ne peux pas.

La mère, pour la troisième fois, reprit :

— Qué que t'as donc ?

Et la fille gémit :

— Je crois ben que me v'là grosse.

Et elle sanglota.

La vieille à son tour posa son fardeau, tellement interdite qu'elle ne trouvait rien. Enfin elle balbutia :

— Te... te... te v'là grosse, manante, c'est-il ben possible ?

C'étaient de riches fermiers les Malivoire, des gens cossus, posés, respectés, malins et puissants.

Céleste bégaya :

— J'crais ben que oui, tout de même.

La mère effarée regardait sa fille abattue devant elle et larmoyant. Au bout de quelques secondes elle cria :

— Te v'là grosse! Te v'là grosse! Où qu't'as attrapé ça, roulure ?

Et Céleste, toute secouée par l'émotion, murmura :

— J'crais ben que c'est dans la voiture à Polyte.

La vieille cherchait à comprendre, cherchait à deviner, cherchait à savoir qui avait pu faire ce malheur à sa fille. Si c'était un gars bien riche et bien vu, on verrait à s'arranger. Il n'y aurait encore que demi-mal; Céleste n'était pas la première à qui pareille chose arrivait; mais ça la contrariait tout de même, vu les propos et leur position.

Elle reprit :

— Et qué que c'est qui t'a fait ça, salope ?

Et Céleste, résolue à tout dire, balbutia :

— J'crais ben qu'c'est Polyte.

Alors la mère Malivoire, affolée de colère, se rua sur sa fille et se mit à la battre avec une telle frénésie qu'elle en perdit son bonnet.

Elle tapait à grands coups de poing sur la tête, sur le dos, partout; et Céleste, tout à fait allongée entre les deux seaux, qui la protégeaient un peu, cachait seulement sa figure entre ses mains.

Toutes les vaches, surprises, avaient cessé de pâturer, et, s'étant retournées, regardaient de leurs gros yeux. La dernière meugla, le mufle tendu vers les femmes.

Après avoir tapé jusqu'à perdre haleine, la mère Malivoire, essoufflée, s'arrêta; et, reprenant un peu ses esprits, elle voulut se rendre tout à fait compte de la situation :

— Polyte! Si c'est Dieu possible! Comment que t'as pu, avec un cocher de diligence. T'avais ti perdu les sens ? Faut qu'i t'ait jeté un sort, pour sûr, un propre à rien!

Et Céleste, toujours allongée, murmura dans la poussière :

— J'y payais point la voiture!

Et la vieille Normande comprit.

*
* *

Toutes les semaines, le mercredi et le samedi, Céleste allait porter au bourg les produits de la ferme, la volaille, la crème et les œufs.

Elle partait dès sept heures avec ses deux vastes paniers aux bras, le laitage dans l'un, les poulets dans l'autre; et elle allait attendre sur la grand'route la voiture de poste d'Yvetot.

Elle posait à terre ses marchandises et s'asseyait dans le fossé, tandis que les poules au bec court et pointu, et les canards au bec large et plat, passant la tête à travers les barreaux d'osier, regardaient de leur œil rond, stupide et surpris.

Bientôt la guimbarde, sorte de coffre jaune coiffé d'une casquette de cuir noir, arrivait, secouant son cul au trot saccadé d'une rosse blanche.

Et Polyte, le cocher, un gros garçon réjoui, ventru bien que jeune, et tellement cuit par le soleil, brûlé par le vent, trempé par les averses, et teinté par l'eau-de-vie qu'il avait la face et le cou couleur de brique, criait de loin en faisant claquer son fouet :

— Bonjour, mam'zelle Céleste. La santé, ça va-t-il ?

Elle lui tendait, l'un après l'autre, ses paniers qu'il casait sur l'impériale; puis elle montait en levant haut la jambe pour atteindre le marchepied, en montrant un fort mollet vêtu d'un bas bleu.

Et chaque fois Polyte répétait la même plaisanterie : « Mazette, il n'a pas maigri. »

Et elle riait, trouvant ça drôle.

Puis il lançait un « Hue cocotte! », qui remettait en route son maigre cheval. Alors Céleste, atteignant son porte-monnaie dans le fond de sa poche, en tirait lentement dix sous, six sous pour elle et quatre pour les paniers, et les passait à Polyte par-dessus l'épaule. Il les prenait en disant :

— C'est pas encore pour aujourd'hui, la rigolade ?

Et il riait de tout son cœur en se retournant vers elle pour la regarder à son aise.

Il lui en coûtait beaucoup, à elle, de donner chaque fois ce demi-franc pour trois kilomètres de route. Et, quand elle n'avait pas de sous, elle en souffrait davantage encore, ne pouvant se décider à allonger une pièce d'argent.

Et un jour, au moment de payer, elle demanda :

— Pour une bonne pratique comme mé, vous devriez bien ne prendre que six sous ?

Il se mit à rire :

— Six sous, ma belle, vous valez mieux que ça, pour sûr.

Elle insistait :

— Ça vous fait pas moins de deux francs par mois.

Il cria en tapant sur sa rosse :

— T'nez, j'suis coulant, j'vous passerai ça pour une rigolade.

Elle demanda d'un air niais :

— Qué que c'est que vous dites ?

Il s'amusait tellement qu'il toussait à force de rire.

— Une rigolade, c'est une rigolade, pardi; une rigolade, fille et garçon, en avant deux sans musique.

Elle comprit, rougit, et déclara :

— Je n'suis pas de ce jeu-là, m'sieu Polyte.

Mais il ne s'intimida pas, et il répétait, s'amusant de plus en plus :

— Vous y viendrez, la belle, une rigolade fille et garçon!

Et, depuis lors, chaque fois qu'elle le payait, il avait pris l'usage de demander :

— C'est pas encore pour aujourd'hui, la rigolade ?

Elle plaisantait aussi là-dessus, maintenant, et elle répondait :

— Pas pour aujourd'hui, m'sieu Polyte, mais c'est pour samedi, pour sûr alors!

Et il criait en riant toujours :

— Entendu pour samedi, ma belle.

Mais elle calculait en dedans que, depuis deux ans que durait la chose, elle avait bien payé quarante-huit francs à Polyte, et quarante-huit francs à la campagne ne se trouvent pas dans une ornière; et elle calculait aussi que, dans deux années encore, elle aurait payé près de cent francs.

Si bien qu'un jour, un jour de printemps qu'ils étaient seuls, comme il demandait selon sa coutume :

— C'est pas encore pour aujourd'hui, la rigolade ?

Elle répondit :

— A vot'désir, m'sieu Polyte.

Il ne s'étonna pas du tout et enjamba la banquette de derrière en murmurant d'un air content :

— Et allons donc. J'savais ben qu'on y viendrait.

Et le vieux cheval blanc se mit à trottiner d'un train si doux qu'il semblait danser sur place, sourd à la voix qui criait parfois du fond de la voiture : « Hue donc, Cocotte ! Hue donc, Cocotte ! »

Trois mois plus tard, Céleste s'aperçut qu'elle était grosse.

*
* *

Elle avait dit tout cela d'une voix larmoyante, à sa mère. Et la vieille, pâle de fureur, demanda :

— Combien que ça y a coûté, alors ?

Céleste répondit :

— Quat'mois, ça fait huit francs, pour sûr.

Alors la rage de la campagnarde se déchaîna éperdument, et, retombant sur sa fille, elle la rebattit jusqu'à perdre le souffle. Puis, s'étant relevée :

— Y as-tu dit, que t'étais grosse ?

— Mais non, pour sûr.

— Pourquoi que tu y as point dit ?

— Parce qu'i m'aurait fait r'payer p'têtre ben !

Et la vieille songea, puis, reprenant ses seaux :

— Allons, lève-té, et tâche à v'nir.

Puis, après un silence, elle reprit :

— Et pis n'li dis rien tant qu'i n'verra point ; que j'y gagnions ben six ou huit mois !

Et Céleste, s'étant redressée, pleurant encore, décoiffée et bouffie, se remit en marche d'un pas lourd, en murmurant :

— Pour sûr que j'y dirai point.

LA PARURE [1]

1. Ce conte a paru d'abord dans *Le Gaulois* du 17 février 1884, sous la signature de *Guy de Maupassant*.

C'était une de ces jolies et charmantes filles, nées, comme par une erreur du destin, dans une famille d'employés. Elle n'avait pas de dot, pas d'espérances, aucun moyen d'être connue, comprise, aimée, épousée par un homme riche et distingué; et elle se laissa marier avec un petit commis du ministère de l'Instruction publique.

Elle fut simple, ne pouvant être parée; mais malheureuse comme une déclassée; car les femmes n'ont point de caste ni de race, leur beauté, leur grâce et leur charme leur servant de naissance et de famille. Leur finesse native, leur instinct d'élégance, leur souplesse d'esprit sont leur seule hiérarchie, et font des filles du peuple les égales des plus grandes dames.

Elle souffrait sans cesse, se sentant née pour toutes les délicatesses et tous les luxes. Elle souffrait de la pauvreté de son logement, de la misère des murs, de l'usure des sièges, de la laideur des étoffes. Toutes ces choses, dont une autre femme de sa caste ne se serait même pas aperçue, la torturaient et l'indignaient. La vue de la petite Bretonne qui faisait son humble ménage éveillait en elle des regrets désolés et des rêves éperdus. Elle songeait aux antichambres muettes, capitonnées avec des tentures orientales, éclairées par de hautes torchères de bronze, et aux deux grands valets en culotte courte qui dorment dans les larges fauteuils, assoupis par la chaleur lourde du calorifère. Elle songeait aux grands salons vêtus de soie ancienne, aux meubles fins portant des bibelots inestimables, et aux petits salons coquets, parfumés, faits pour la causerie de cinq heures avec les amis les plus intimes, les hommes connus et recherchés dont toutes les femmes envient et désirent l'attention.

Quand elle s'asseyait, pour dîner, devant la table ronde couverte d'une nappe de trois jours, en face de son mari qui découvrait la soupière en déclarant d'un air enchanté : « Ah! le bon pot-au-feu! je ne sais rien de meilleur que cela... », elle songeait aux dîners fins, aux argenteries reluisantes, aux tapisseries peuplant les murailles de personnages anciens et d'oiseaux étranges au milieu d'une forêt de féerie; elle songeait aux plats exquis servis en des vaisselles merveilleuses, aux galanteries chuchotées et écoutées avec un sourire de sphinx, tout en mangeant la chair rose d'une truite ou des ailes de gélinotte.

Elle n'avait pas de toilettes, pas de bijoux, rien. Et elle n'aimait que cela; elle se sentait faite pour cela. Elle eût tant désiré plaire, être enviée, être séduisante et recherchée.

Elle avait une amie riche, une camarade de couvent qu'elle ne voulait plus aller voir, tant elle souffrait en revenant. Et elle pleurait pendant des jours entiers, de chagrin, de regret, de désespoir et de détresse.

*
* *

Or, un soir, son mari rentra, l'air glorieux et tenant à la main une large enveloppe.

— Tiens, dit-il, voici quelque chose pour toi.

Elle déchira vivement le papier et en tira une carte imprimée qui portait ces mots :

« Le ministre de l'Instruction publique et Mme Georges Ramponneau prient M. et Mme Loisel de leur « faire l'honneur de venir passer la soirée à l'hôtel du « ministère, le lundi 18 janvier. »

Au lieu d'être ravie, comme l'espérait son mari, elle jeta avec dépit l'invitation sur la table, murmurant :

— Que veux-tu que je fasse de cela ?

— Mais, ma chérie, je pensais que tu serais contente.

Tu ne sors jamais, et c'est une occasion, cela, une belle! J'ai eu une peine infinie à l'obtenir. Tout le monde en veut; c'est très recherché et on n'en donne pas beaucoup aux employés. Tu verras là tout le monde officiel.

Elle le regardait d'un œil irrité, et elle déclara avec impatience :

— Que veux-tu que je me mette sur le dos pour aller là ?

Il n'y avait pas songé; il balbutia :

— Mais la robe avec laquelle tu vas au théâtre. Elle me semble très bien, à moi...

Il se tut, stupéfait, éperdu, en voyant que sa femme pleurait. Deux grosses larmes descendaient lentement des coins des yeux vers les coins de la bouche; il bégaya :

— Qu'as-tu ? qu'as-tu ?

Mais, par un effort violent, elle avait dompté sa peine et elle répondit d'une voix calme en essuyant ses joues humides :

— Rien. Seulement je n'ai pas de toilette et par conséquent je ne peux aller à cette fête. Donne ta carte à quelque collègue dont la femme sera mieux nippée que moi.

Il était désolé. Il reprit :

— Voyons, Mathide. Combien cela coûterait-il, une toilette convenable, qui pourrait te servir encore en d'autres occasions, quelque chose de très simple ?

Elle réfléchit quelques secondes, établissant ses comptes et songeant aussi à la somme qu'elle pouvait demander sans s'attirer un refus immédiat et une exclamation effarée du commis économe.

Enfin, elle répondit en hésitant :

— Je ne sais pas au juste, mais il me semble qu'avec quatre cents francs je pourrais arriver.

Il avait un peu pâli, car il réservait juste cette somme pour acheter un fusil et s'offrir des parties de chasse, l'été suivant, dans la plaine de Nanterre, avec quelques amis qui allaient tirer des alouettes, par là, le dimanche.

Il dit cependant :

— Soit. Je te donne quatre cents francs. Mais tâche d'avoir une belle robe.

*
* *

Le jour de la fête approchait, et Mme Loisel semblait triste, inquiète, anxieuse. Sa toilette était prête cependant. Son mari lui dit un soir :

— Qu'as-tu ? Voyons, tu es toute drôle depuis trois jours.

Et elle répondit :

— Cela m'ennuie de n'avoir pas un bijou, pas une pierre, rien à mettre sur moi. J'aurai l'air misère comme tout. J'aimerais presque mieux ne pas aller à cette soirée.

Il reprit :

— Tu mettras des fleurs naturelles. C'est très chic en cette saison-ci. Pour dix francs tu auras deux ou trois roses magnifiques.

Elle n'était point convaincue.

— Non... il n'y a rien de plus humiliant que d'avoir l'air pauvre au milieu de femmes riches.

Mais son mari s'écria :

— Que tu es bête ! Va trouver ton amie Mme Forestier et demande-lui de te prêter des bijoux. Tu es bien assez liée avec elle pour faire cela.

Elle poussa un cri de joie.

— C'est vrai. Je n'y avais point pensé.

Le lendemain, elle se rendit chez son amie et lui conta sa détresse.

Mme Forestier alla vers son armoire à glace, prit un large coffret, l'apporta, l'ouvrit, et dit à Mme Loisel :

— Choisis, ma chère.

Elle vit d'abord des bracelets, puis un collier de perles, puis une croix vénitienne, or et pierreries, d'un admirable travail. Elle essayait les parures devant la glace, hésitait, ne pouvait se décider à les quitter, à les rendre. Elle demandait toujours :

— Tu n'as plus rien autre ?

— Mais si. Cherche. Je ne sais pas ce qui peut te plaire.

Tout à coup elle découvrit, dans une boîte de satin noir, une superbe rivière de diamants ; et son cœur se mit à battre d'un désir immodéré. Ses mains tremblaient en la prenant. Elle l'attacha autour de sa gorge, sur sa robe montante, et demeura en extase devant elle-même.

Puis, elle demanda, hésitante, pleine d'angoisse :

— Peux-tu me prêter cela, rien que cela ?

— Mais oui, certainement.

Elle sauta au cou de son amie, l'embrassa avec emportement, puis s'enfuit avec son trésor.

Le jour de la fête arriva. Mme Loisel eut un succès. Elle était plus jolie que toutes, élégante, gracieuse, souriante et folle de joie. Tous les hommes la regardaient, demandaient son nom, cherchaient à être présentés. Tous les attachés du cabinet voulaient valser avec elle. Le ministre la remarqua.

Elle dansait avec ivresse, avec emportement, grisée par le plaisir, ne pensant plus à rien, dans le triomphe de sa beauté, dans la gloire de son succès, dans une sorte de nuage de bonheur fait de tous ces hommages, de toutes ces admirations, de tous ces désirs éveillés, de cette victoire si complète et si douce au cœur des femmes.

Elle partit vers quatre heures du matin. Son mari, depuis minuit, dormait dans un petit salon désert avec trois autres messieurs dont les femmes s'amusaient beaucoup.

Il lui jeta sur les épaules les vêtements qu'il avait apportés pour la sortie, modestes vêtements de la vie ordinaire, dont la pauvreté jurait avec l'élégance de la toilette de bal. Elle le sentit et voulut s'enfuir, pour ne pas être remarquée par les autres femmes qui s'enveloppaient de riches fourrures.

Loisel la retenait :

— Attends donc. Tu vas attraper froid dehors. Je vais appeler un fiacre.

Mais elle ne l'écoutait point et descendait rapidement l'escalier. Lorsqu'ils furent dans la rue, ils ne trouvèrent pas de voiture; et ils se mirent à chercher, criant après les cochers qu'ils voyaient passer de loin.

Ils descendaient vers la Seine, désespérés, grelottants. Enfin ils trouvèrent sur le quai un de ces vieux coupés noctambules qu'on ne voit dans Paris que la nuit venue, comme s'ils eussent été honteux de leur misère pendant le jour.

Il les ramena jusqu'à leur porte, rue des Martyrs, et ils remontèrent tristement chez eux. C'était fini, pour elle. Et il songeait, lui, qu'il lui faudrait être au Ministère à dix heures.

Elle ôta les vêtements dont elle s'était enveloppé les épaules, devant la glace, afin de se voir encore une fois dans sa gloire. Mais soudain elle poussa un cri. Elle n'avait plus sa rivière autour du cou.

Son mari, à moitié dévêtu déjà, demanda :

— Qu'est-ce que tu as ?

Elle se tourna vers lui, affolée :

— J'ai... j'ai... je n'ai plus la rivière de Mme Forestier.

Il se dressa, éperdu :

— Quoi!... comment!... Ce n'est pas possible!

Et ils cherchèrent dans les plis de la robe, dans les plis du manteau, dans les poches, partout. Ils ne la trouvèrent point.

Il demandait :

— Tu es sûre que tu l'avais encore en quittant le bal ?

— Oui, je l'ai touchée dans le vestibule du Ministère.

— Mais si tu l'avais perdue dans la rue, nous l'aurions entendue tomber. Elle doit être dans le fiacre.

— Oui. C'est probable. As-tu pris le numéro ?

— Non. Et toi, tu ne l'as pas regardé ?

— Non.

Ils se contemplaient atterrés. Enfin Loisel se rhabilla.

— Je vais, dit-il, refaire tout le trajet que nous avons fait à pied, pour voir si je ne la retrouverai pas.

Et il sortit. Elle demeura en toilette de soirée, sans

force pour se coucher, abattue sur une chaise, sans feu, sans pensée.

Son mari rentra vers sept heures. Il n'avait rien trouvé.

Il se rendit à la Préfecture de police, aux journaux, pour faire promettre une récompense, aux compagnies de petites voitures, partout enfin où un soupçon d'espoir le poussait.

Elle attendit tout le jour, dans le même état d'effarement devant cet affreux désastre.

Loisel revint le soir, avec la figure creusée, pâlie; il n'avait rien découvert.

— Il faut, dit-il, écrire à ton amie que tu as brisé la fermeture de sa rivière et que tu la fais réparer. Cela nous donnera le temps de nous retourner.

Elle écrivit sous sa dictée.

*
* *

Au bout d'une semaine, ils avaient perdu toute espérance.

Et Loisel, vieilli de cinq ans, déclara :

— Il faut aviser à remplacer ce bijou.

Ils prirent, le lendemain, la boîte qui l'avait renfermé, et se rendirent chez le joaillier, dont le nom se trouvait dedans. Il consulta ses livres :

— Ce n'est pas moi, madame, qui ai vendu cette rivière; j'ai dû seulement fournir l'écrin.

Alors ils allèrent de bijoutier en bijoutier, cherchant une parure pareille à l'autre, consultant leurs souvenirs, malades tous deux de chagrin et d'angoisse.

Ils trouvèrent, dans une boutique du Palais-Royal, un chapelet de diamants qui leur parut entièrement semblable à celui qu'ils cherchaient. Il valait quarante mille francs. On le leur laisserait à trente-six mille.

Ils prièrent donc le joaillier de ne pas le vendre avant trois jours. Et ils firent condition qu'on le reprendrait pour trente-quatre mille francs, si le premier était retrouvé avant la fin de février.

Loisel possédait dix-huit mille francs que lui avait laissés son père. Il emprunterait le reste.

Il emprunta, demandant mille francs à l'un, cinq cents à l'autre, cinq louis par-ci, trois louis par-là. Il fit des billets, prit des engagements ruineux, eut affaire aux usuriers, à toutes les races de prêteurs. Il compromit toute la fin de son existence, risqua sa signature sans savoir même s'il pourrait y faire honneur, et, épouvanté par les angoisses de l'avenir, par la noire misère qui allait s'abattre sur lui, par la perspective de toutes les privations physiques et de toutes les tortures morales, il alla chercher la rivière nouvelle, en déposant sur le comptoir du marchand trente-six mille francs.

Quand Mme Loisel reporta la parure à Mme Forestier, celle-ci lui dit, d'un air froissé :

— Tu aurais dû me la rendre plus tôt, car je pouvais en avoir besoin.

Elle n'ouvrit pas l'écrin, ce que redoutait son amie. Si elle s'était aperçue de la substitution, qu'aurait-elle pensé ? qu'aurait-elle dit ? Ne l'aurait-elle pas prise pour une voleuse ?

***

Mme Loisel connut la vie horrible des nécessiteux. Elle prit son parti, d'ailleurs, tout d'un coup, héroïquement. Il fallait payer cette dette effroyable. Elle payerait. On renvoya la bonne; on changea de logement; on loua sous les toits une mansarde.

Elle connut les gros travaux du ménage, les odieuses besognes de la cuisine. Elle lava la vaisselle, usant ses ongles roses sur les poteries grasses et le fond des casseroles. Elle savonna le linge sale, les chemises et les torchons, qu'elle faisait sécher sur une corde; elle descendit à la rue, chaque matin, les ordures, et monta l'eau, s'arrêtant à chaque étage pour souffler. Et, vêtue comme une femme du peuple, elle alla chez le fruitier, chez l'épicier, chez le boucher, le panier au bras, marchandant, injuriée, défendant sou à sou son misérable argent.

Il fallait chaque mois payer des billets, en renouveler d'autres, obtenir du temps

Le mari travaillait, le soir, à mettre au net les comptes d'un commerçant, et la nuit, souvent, il faisait de la copie à cinq sous la page.

Et cette vie dura dix ans.

Au bout de dix ans, ils avaient tout restitué, tout, avec le taux de l'usure, et l'accumulation des intérêts superposés.

Mme Loisel semblait vieille, maintenant. Elle était devenue la femme forte, et dure, et rude, des ménages pauvres. Mal peignée, avec les jupes de travers et les mains rouges, elle parlait haut, lavait à grande eau les planchers. Mais parfois, lorsque son mari était au bureau, elle s'asseyait auprès de la fenêtre, et elle songeait à cette soirée d'autrefois, à ce bal où elle avait été si belle et si fêtée.

Que serait-il arrivé si elle n'avait point perdu cette parure ? Qui sait ? qui sait ? Comme la vie est singulière, changeante ! Comme il faut peu de chose pour vous perdre ou vous sauver !

***

Or, un dimanche, comme elle était allée faire un tour aux Champs-Elysées pour se délasser des besognes de la semaine, elle aperçut tout à coup une femme qui promenait un enfant. C'était Mme Forestier, toujours jeune, toujours belle, toujours séduisante. Mme Loisel se sentit émue. Allait-elle lui parler ? Oui, certes. Et maintenant qu'elle avait payé, elle lui dirait tout. Pourquoi pas ?

Elle s'approcha.

— Bonjour Jeanne.

L'autre ne la reconnaissait point, s'étonnant d'être appelée ainsi familièrement par cette bourgeoise. Elle balbutia :

— Mais... madame !... Je ne sais... Vous devez vous tromper.

— Non. Je suis Mathilde Loisel.

Son amie poussa un cri :

— Oh !... ma pauvre Mathilde, comme tu es changée !...

— Oui, j'ai eu des jours bien durs, depuis que je ne t'ai vue ; et bien des misères... et cela à cause de toi!...

— De moi... Comment ça ?

— Tu te rappelles bien cette rivière de diamants que tu m'as prêtée pour aller à la fête du Ministère.

— Oui. Eh bien ?

— Eh bien, je l'ai perdue.

— Comment! puisque tu me l'as rapportée.

— Je t'en ai rapporté une autre toute pareille. Et voilà dix ans que nous la payons. Tu comprends que ça n'était pas aisé pour nous, qui n'avions rien... Enfin, c'est fini et je suis rudement contente.

Mme Forestier s'était arrêtée.

— Tu dis que tu as acheté une rivière de diamants pour remplacer la mienne ?

— Oui. Tu ne t'en étais pas aperçue, hein ? Elles étaient bien pareilles.

Et elle souriait d'une joie orgueilleuse et naïve.

Mme Forestier, fort émue, lui prit les deux mains.

— Oh! ma pauvre Mathilde! Mais la mienne était fausse. Elle valait au plus cinq cents francs!...

LE BONHEUR[1]

1. Ce conte a paru d'abord dans *Le Gaulois* du 16 mars 1884, sous la signature de *Guy de Maupassant*.

C'était l'heure du thé, avant l'entrée des lampes. La villa dominait la mer; le soleil disparu avait laissé le ciel tout rose de son passage, frotté de poudre d'or; et la Méditerranée, sans une ride, sans un frisson, lisse, luisante encore sous le jour mourant, semblait une plaque de métal polie et démesurée.

Au loin, sur la droite, les montagnes dentelées dessinaient leur profil noir sur la pourpre pâlie du couchant.

On parlait de l'amour, on discutait ce vieux sujet, on redisait des choses qu'on avait dites, déjà, bien souvent. La mélancolie douce du crépuscule alentissait les paroles, faisait flotter un attendrissement dans les âmes, et ce mot : « amour », qui revenait sans cesse, tantôt prononcé par une forte voix d'homme, tantôt dit par une voix de femme au timbre léger, paraissait emplir le petit salon, y voltiger comme un oiseau, y planer comme un esprit.

Peut-on aimer plusieurs années de suite ?

— Oui, prétendaient les uns.

— Non, affirmaient les autres.

On distinguait les cas, on établissait des démarcations, on citait des exemples; et tous, hommes et femmes, pleins de souvenirs surgissants et troublants, qu'ils ne pouvaient citer et qui leur montaient aux lèvres, semblaient émus, parlaient de cette chose banale et souveraine, l'accord tendre et mystérieux de deux êtres, avec une émotion profonde et un intérêt ardent.

Mais tout à coup quelqu'un, ayant les yeux fixés au loin, s'écria :

— Oh! voyez, là-bas, qu'est-ce que c'est ?

Sur la mer, au fond de l'horizon, surgissait une masse grise, énorme et confuse.

Les femmes s'étaient levées et regardaient sans comprendre cette chose surprenante qu'elles n'avaient jamais vue.

Quelqu'un dit :

— C'est la Corse! On l'aperçoit ainsi deux ou trois fois par an dans certaines conditions d'atmosphère exceptionnelles, quand l'air, d'une limpidité parfaite, ne la cache plus par ces brumes de vapeur d'eau qui voilent toujours les lointains.

On distinguait vaguement les crêtes, on crut reconnaître la neige des sommets. Et tout le monde restait surpris, troublé, presque effrayé par cette brusque apparition d'un monde, par ce fantôme sorti de la mer. Peut-être eurent-ils de ces visions étranges, ceux qui partirent, comme Colomb, à travers les océans inexplorés.

Alors, un vieux monsieur, qui n'avait pas encore parlé, prononça :

— Tenez, j'ai connu dans cette île, qui se dresse devant nous, comme pour répondre elle-même à ce que nous disions et me rappeler un singulier souvenir, j'ai connu un exemple admirable d'un amour constant, d'un amour invraisemblablement heureux.

Le voici.

* * *

Je fis, voilà cinq ans, un voyage en Corse. Cette île sauvage est plus inconnue et plus loin de nous que l'Amérique, bien qu'on la voie quelquefois des côtes de France, comme aujourd'hui.

Figurez-vous un monde encore en chaos, une tempête de montagnes que séparent des ravins étroits où roulent des torrents; pas une plaine, mais d'immenses vagues de granit et de géantes ondulations de terre couvertes de maquis ou de hautes forêts de châtaigniers et de pins. C'est un sol vierge, inculte, désert, bien que parfois on aperçoive un village, pareil à un tas de rochers au sommet d'un mont. Point de culture, aucune industrie, aucun art. On ne rencontre jamais un morceau de bois travaillé, un bout de pierre sculptée, jamais le souvenir du goût enfantin ou raffiné des ancêtres pour les choses gracieuses et belles. C'est là même ce qui frappe le plus en ce superbe et dur pays : l'indifférence héréditaire pour cette recherche des formes séduisantes qu'on appelle l'art.

L'Italie, où chaque palais, plein de chefs-d'œuvre, est un chef-d'œuvre lui-même, où le marbre, le bois, le bronze, le fer, les métaux et les pierres attestent le génie de l'homme, où les plus petits objets anciens qui traînent dans les vieilles maisons révèlent ce divin souci de la grâce, est pour nous tous la patrie sacrée que l'on aime parce qu'elle nous montre et nous prouve l'effort, la grandeur, la puissance et le triomphe de l'intelligence créatrice.

Et, en face d'elle, la Corse sauvage est restée telle qu'en ses premiers jours. L'être y vit dans sa maison grossière, indifférent à tout ce qui ne touche point son existence même ou ses querelles de famille. Et il est resté avec les défauts et les qualités des races incultes, violent, haineux, sanguinaire avec inconscience, mais aussi hospitalier, généreux, dévoué, naïf, ouvrant sa porte aux passants et donnant son amitié fidèle pour la moindre marque de sympathie.

Donc, depuis un mois, j'errais à travers cette île magnifique, avec la sensation que j'étais au bout du monde. Point d'auberges, point de cabarets, point de routes. On gagne, par des sentiers à mulets, ces hameaux accrochés au flanc des montagnes, qui dominent des abîmes tortueux d'où l'on entend monter, le soir, le bruit continu, la voix sourde et profonde du torrent. On frappe aux portes des maisons. On demande un abri pour la nuit et de quoi vivre jusqu'au lendemain. Et on s'assoit à l'humble table, et on dort sous l'humble toit; et on serre, au matin, la main tendue de l'hôte qui vous a conduit jusqu'aux limites du village.

Or, un soir, après dix heures de marche, j'atteignis une petite demeure toute seule au fond d'un étroit vallon qui allait se jeter à la mer une lieue plus loin. Les deux pentes rapides de la montagne, couvertes de maquis, de rocs éboulés et de grands arbres, enfermaient comme deux sombres murailles ce ravin lamentablement triste.

Autour de la chaumière, quelques vignes, un petit jardin, et plus loin, quelques grands châtaigniers, de quoi vivre enfin, une fortune pour ce pays pauvre.

La femme qui me reçut était vieille, sévère et propre, par exception. L'homme, assis sur une chaise de paille, se leva pour me saluer, puis se rassit sans dire un mot. Sa compagne me dit :

— Excusez-le; il est sourd maintenant. Il a quatre-vingt-deux ans.

Elle parlait le français de France. Je fus surpris.

Je lui demandai :

— Vous n'êtes pas de Corse ?

Elle répondit :

— Non, nous sommes des continentaux. Mais voilà cinquante ans que nous habitons ici.

Une sensation d'angoisse et de peur me saisit à la pensée de ces cinquante années écoulées dans ce trou sombre, si loin des villes où vivent les hommes. Un vieux berger rentra, et l'on se mit à manger le seul plat du dîner, une soupe épaisse où avaient cuit ensemble des pommes de terre, du lard et des choux.

Lorsque le court repas fut fini, j'allai m'asseoir devant la porte, le cœur serré par la mélancolie du morne paysage, étreint par cette détresse qui prend parfois les voyageurs en certains soirs tristes, en certains lieux désolés. Il semble que tout soit près de finir, l'existence et l'univers. On perçoit brusquement l'affreuse misère de la vie, l'isolement de tous, le néant de tout, et la noire solitude du cœur qui se berce et se trompe lui-même par des rêves jusqu'à la mort.

La vieille femme me rejoignit et, torturée par cette curiosité qui vit toujours au fond des âmes les plus résignées :

— Alors, vous venez de France ? dit-elle.

— Oui, je voyage pour mon plaisir.

— Vous êtes de Paris, peut-être ?

— Non, je suis de Nancy.

Il me sembla qu'une émotion extraordinaire l'agitait. Comment ai-je vu ou plutôt senti cela, je n'en sais rien.

Elle répéta d'une voix lente :

— Vous êtes de Nancy ?

L'homme parut dans la porte, impassible comme sont les sourds.

Elle reprit :

— Ça ne fait rien. Il n'entend pas.

Puis, au bout de quelques secondes :

— Alors, vous connaissez du monde à Nancy ?

— Mais oui, presque tout le monde.

— La famille de Sainte-Allaize ?

— Oui, très bien; c'étaient des amis de mon père.

— Comment vous appelez-vous ?

Je dis mon nom. Elle me regarda fixement, puis prononça, de cette voix basse qu'éveillent les souvenirs :

— Oui, oui, je me rappelle bien. Et les Brisemare, qu'est-ce qu'ils sont devenus ?

— Tous sont morts.

— Ah! Et les Sirmont, vous les connaissiez ?

— Oui, le dernier est général.

Alors elle dit, frémissante d'émotion, d'angoisse, de je ne sais quel sentiment confus, puissant et sacré, de je ne sais quel besoin d'avouer, de dire tout, de parler de ces choses qu'elle avait tenues jusque-là enfermées au fond de son cœur, et de ces gens dont le nom bouleversait son âme :

— Oui, Henri de Sirmont. Je le sais bien. C'est mon frère.

Et je levai les yeux vers elle, effaré de surprise. Et tout d'un coup le souvenir me revint.

Cela avait fait, jadis, un gros scandale dans la noble Lorraine. Une jeune fille, belle et riche, Suzanne de Sirmont, avait été enlevée par un sous-officier de hussards du régiment que commandait son père.

C'était un beau garçon, fils de paysans, mais portant bien le dolman bleu, ce soldat qui avait séduit la fille de son colonel. Elle l'avait vu, remarqué, aimé en regardant défiler les escadrons, sans doute. Mais comment lui avait-elle parlé, comment avaient-ils pu se voir, s'entendre ? comment avait-elle osé lui faire comprendre qu'elle l'aimait ? Cela, on ne le sut jamais.

On n'avait rien deviné, rien pressenti. Un soir, comme le soldat venait de finir son temps, il disparut avec elle. On les chercha, on ne les retrouva pas. On n'en eut jamais de nouvelles et on la considérait comme morte.

Et je la retrouvais ainsi dans ce sinistre vallon.

Alors, je repris à mon tour :

— Oui, je me rappelle bien. Vous êtes mademoiselle Suzanne.

Elle fit « oui », de la tête. Des larmes tombaient de ses yeux. Alors, me montrant d'un regard le vieillard immobile sur le seuil de sa masure, elle me dit :

— C'est lui.

Et je compris qu'elle l'aimait toujours, qu'elle le voyait encore avec ses yeux séduits.

Je demandai :

— Avez-vous été heureuse, au moins ?

Elle répondit, avec une voix qui venait du cœur :

— Oh! oui, très heureuse. Il m'a rendue très heureuse. Je n'ai jamais rien regretté.

Je la contemplais, triste, surpris, émerveillé par la puissance de l'amour! Cette fille riche avait suivi cet homme, ce paysan. Elle était devenue elle-même une paysanne. Elle s'était faite à sa vie sans charmes, sans luxe, sans délicatesse d'aucune sorte; elle s'était pliée à ses habitudes simples. Et elle l'aimait encore. Elle était devenue une femme de rustre, en bonnet, en jupe de toile. Elle mangeait dans un plat de terre sur une table de bois, assise sur une chaise de paille, une bouillie de choux et de pommes de terre au lard. Elle couchait sur une paillasse à son côté.

Elle n'avait jamais pensé à rien, qu'à lui! Elle n'avait regretté ni les parures, ni les étoffes, ni les élégances, ni la mollesse des sièges, ni la tiédeur parfumée des chambres enveloppées de tentures, ni la douceur des duvets où plongent les corps pour le repos. Elle n'avait eu jamais besoin que de lui; pourvu qu'il fût là, elle ne désirait rien.

Elle avait abandonné la vie, toute jeune, et le monde, et ceux qui l'avaient élevée, aimée. Elle était venue, seule avec lui, en ce sauvage ravin. Et il avait été tout pour elle, tout ce qu'on désire, tout ce qu'on rêve, tout ce qu'on attend sans cesse, tout ce qu'on espère sans fin. Il avait empli de bonheur son existence, d'un bout à l'autre.

Elle n'aurait pas pu être plus heureuse.

Et toute la nuit, en écoutant le souffle rauque du vieux soldat étendu sur son grabat, à côté de celle qui l'avait suivi si loin, je pensais à cette étrange et simple aventure, à ce bonheur si complet, fait de si peu.

Et je partis au soleil levant, après avoir serré la main des deux vieux époux.

***

Le conteur se tut. Une femme dit :

— C'est égal, elle avait un idéal trop facile, des besoins trop primitifs et des exigences trop simples. Ce ne pouvait être qu'une sotte.

Une autre prononça d'une voix lente :

— Qu'importe! elle fut heureuse.

Et là-bas, au fond de l'horizon, la Corse s'enfonçait dans la nuit, rentrait lentement dans la mer, effaçait sa grande ombre apparue comme pour raconter elle-même l'histoire des deux humbles amants qu'abritait son rivage.

LE VIEUX [1]

1. Ce conte a paru d'abord dans *Le Gaulois* du 6 janvier 1884, sous la signature de *Guy de Maupassant*.

Un tiède soleil d'automne tombait dans la cour de la ferme, par-dessus les grands hêtres des fossés. Sous le gazon tondu par les vaches, la terre, imprégnée de pluie récente, était moite, enfonçait sous les pieds avec un bruit d'eau; et les pommiers chargés de pommes semaient leurs fruits d'un vert pâle, dans le vert foncé de l'herbage.

Quatre jeunes génisses paissaient, attachées en ligne, et meuglaient par moments vers la maison; les volailles mettaient un mouvement coloré sur le fumier, devant l'étable, et grattaient, remuaient, caquetaient, tandis que les deux coqs chantaient sans cesse, cherchaient des vers pour leurs poules, qu'ils appelaient d'un gloussement vif.

La barrière de bois s'ouvrit; un homme entra, âgé de quarante ans peut-être, mais qui semblait vieux de soixante, ridé, tortu, marchant à grands pas lents, alourdis par le poids de lourds sabots pleins de paille. Ses bras trop longs pendaient des deux côtés du corps. Quand il approcha de la ferme, un roquet jaune, attaché au pied d'un énorme poirier, à côté d'un baril qui lui servait de niche, remua la queue, puis se mit à japper en signe de joie. L'homme cria :

— A bas, Finot!

Le chien se tut.

Une paysanne sortit de la maison. Son corps osseux, large et plat, se dessinait sous un caraco de laine qui serrait la taille. Une jupe grise, trop courte, tombait jusqu'à la moitié des jambes, cachées en des bas bleus, et elle portait aussi des sabots pleins de paille. Un bonnet blanc, devenu jaune, couvrait quelques cheveux collés au crâne, et sa figure brune, maigre, laide, édentée, montrait cette physionomie sauvage et brute qu'ont souvent les faces des paysans.

L'homme demanda :

— Comment qu'y va ?

La femme répondit :

— M'sieu l' curé dit que c'est la fin, qu'il n' passera point la nuit.

Ils entrèrent tous deux dans la maison.

Après avoir traversé la cuisine, ils pénétrèrent dans la chambre, basse, noire, à peine éclairée par un carreau, devant lequel tombait une loque d'indienne normande. Les grosses poutres du plafond, brunies par le temps, noires et enfumées, traversaient la pièce de part en part, portant le mince plancher du grenier, où couraient, jour et nuit, des troupeaux de rats.

Le sol de terre, bossué, humide, semblait gras, et, dans le fond de l'appartement, le lit faisait une tache vaguement blanche. Un bruit régulier, rauque, une respiration dure, râlante, sifflante avec un gargouillement d'eau comme celui que fait une pompe brisée, partait de la couche enténébrée où agonisait un vieillard, le père de la paysanne.

L'homme et la femme s'approchaient et regardèrent le moribond, de leur œil placide et résigné.

Le gendre dit :

— C' te fois, c'est fini ; i n'ira pas seulement à la nuit.

La fermière reprit :

— C'est d' puis midi qu'i gargotte comme ça.

Puis ils se turent. Le père avait les yeux fermés, le visage couleur de terre, si sec qu'il semblait en bois. Sa bouche entr'ouverte laissait passer son souffle clapotant et dur ; et le drap de toile grise se soulevait sur la poitrine à chaque aspiration.

Le gendre, après un long silence, prononça :

— Y a qu'à le quitter finir. J'y pouvons rien. Tout d' même c'est dérangeant pour les cossarts, vu l' temps qu'est bon, qu'il faut r' piquer d' main.

Sa femme parut inquiète à cette pensée. Elle réfléchit quelques instants, puis déclara :

— Puisqu'i va passer, on l'enterrera pas avant samedi; t'auras ben d'main pour les cossarts.

Le paysan méditait; il dit :

— Oui, mais d'main qui faudra qu'invite pour l'imunation, que j' n'ai ben pour cinq à six heures à aller de Tourville à Manetot chez tout le monde.

La femme, après avoir médité deux ou trois minutes, prononça :

— I n'est seulement point trois heures, que tu pourrais commencer la tournée anuit et faire tout l' côté de Tourville. Tu peux ben dire qu'il a passé, puisqu'i n'en a pas quasiment pour la relevée.

L'homme demeura quelques instants perplexe, pesant les conséquences et les avantages de l'idée. Enfin il déclara :

— Tout d' même, j'y vas.

Il allait sortir; il revint et, après une hésitation :

— Pisque t'as point d'ouvrage, loche des pommes à cuire, et pis tu feras quatre douzaines de douillons pour ceux qui viendront à l'imunation, vu qu'i faudra se réconforter. T'allumeras le four avec la bourrée qu'est sous l' hangar au pressoir. Elle est sèque.

Et il sortit de la chambre, rentra dans la cuisine, ouvrit le buffet, prit un pain de six livres, en coupa soigneusement une tranche, recueillit dans le creux de sa main les miettes tombées sur la tablette, et se les jeta dans la bouche pour ne rien perdre. Puis il enleva avec la pointe de son couteau un peu de beurre salé au fond d'un pot de terre brune, l'étendit sur son pain, qu'il se mit à manger lentement, comme il faisait tout.

Et il retraversa la cour, apaisa le chien, qui se remettait à japper, sortit sur le chemin qui longeait son fossé, et s'éloigna dans la direction de Tourville.

*
* *

Restée seule, la femme se mit à la besogne. Elle découvrit la huche à la farine, et prépara la pâte aux douillons. Elle la pétrissait longuement, la tournant et la retournant, la maniant, l'écrasant, la broyant. Puis elle en fit une grosse boule d'un blanc jaune, qu'elle laissa sur le coin de la table.

Alors elle alla chercher les pommes et, pour ne point blesser l'arbre avec la gaule, elle grimpa dedans au moyen d'un escabeau. Elle choisissait les fruits avec soin, pour ne prendre que les plus mûrs, et les entassait dans son tablier.

Une voix l'appela du chemin :

— Ohé, madame Chicot!

Elle se retourna. C'était un voisin, maître Osime Favet, le maire, qui s'en allait fumer ses terres, assis, les jambes pendantes, sur le tombereau d'engrais. Elle se retourna, et répondit :

— Qué qu'y a pour vot' service, maît Osime ?

— Et le pé, où qui n'en est!

Elle cria :

— Il est quasiment passé. C'est samedi l'imunation, à sept heures, vu les cossarts qui pressent.

Le voisin répliqua :

— Entendu. Bonne chance! Portez-vous bien.

Elle répondit à sa politesse :

— Merci, et vous d' même.

Puis elle se remit à cueillir ses pommes.

Aussitôt qu'elle fut rentrée, elle alla voir son père, s'attendant à le trouver mort. Mais dès la porte elle distingua son râle bruyant et monotone, et, jugeant inutile d'approcher du lit pour ne point perdre de temps, elle commença à préparer les douillons.

Elle enveloppait les fruits, un à un, dans une mince feuille de pâte, puis les alignait au bord de la table. Quand elle eut fait quarante-huit boules, rangées par douzaines l'une devant l'autre, elle pensa à préparer le souper, et elle accrocha sur le feu sa marmite, pour faire cuire les pommes de terre; car elle avait réfléchi qu'il était inutile d'allumer le four, ce jour-là même, ayant encore le lendemain tout entier pour terminer les préparatifs.

Son homme rentra vers cinq heures. Dès qu'il eut franchi le seuil, il demanda :

— C'est-il fini ?

Elle répondit :

— Point encore; ça gargouille toujours.

Ils allèrent voir. Le vieux était absolument dans le même état. Son souffle rauque, régulier comme un mouvement d'horloge, ne s'était ni accéléré ni ralenti. Il revenait de seconde en seconde, variant un peu de ton, suivant que l'air entrait ou sortait de la poitrine.

Son gendre le regarda, puis il dit :

— I finira sans qu'on y pense, comme une chandelle.

Ils rentrèrent dans la cuisine et, sans parler, se mirent à souper. Quand ils eurent avalé la soupe, ils mangèrent encore une tartine de beurre, puis, aussitôt les assiettes lavées, rentrèrent dans la chambre de l'agonisant.

La femme, tenant une petite lampe à mèche fumeuse, la promena devant le visage de son père. S'il n'avait pas respiré, on l'aurait cru mort assurément.

Le lit des deux paysans était caché à l'autre bout de la chambre, dans une espèce d'enfoncement. Ils se couchèrent sans dire un mot, éteignirent la lumière, fermèrent les yeux; et bientôt deux ronflements inégaux, l'un plus profond, l'autre plus aigu, accompagnèrent le râle ininterrompu du mourant.

Les rats couraient dans le grenier.

***

Le mari s'éveilla dès les premières pâleurs du jour. Son beau-père vivait encore. Il secoua sa femme, inquiet de cette résistance du vieux.

— Dis donc, Phémie, i n' veut point finir. Qué qu' tu f'rais, té ?

Il la savait de bon conseil.

Elle répondit :

— I n' passera point l' jour, pour sûr. N'y a point n'a craindre. Pour lors que l' maire n'opposera pas qu'on l'enterre tout de même demain, vu qu'on l'a fait pour maître Renard le pé, qu'a trépassé juste aux semences.

Il fut convaincu par l'évidence du raisonnement, et il partit aux champs.

Sa femme fit cuire les douillons, puis accomplit toutes les besognes de la ferme.

A midi, le vieux n'était pas mort. Les gens de journée loués pour le repiquage des cossarts vinrent en groupe considérer l'ancien qui tardait à s'en aller. Chacun dit son mot, puis ils repartirent dans les terres.

A six heures, quand on rentra, le père respirait encore. Son gendre, à la fin, s'effraya.

— Qué qu' tu f'rais à c'te heure, té, Phémie ?

Elle ne savait non plus que résoudre. On alla trouver le maire. Il promit qu'il fermerait les yeux et autoriserait l'enterrement le lendemain. L'officier de santé, qu'on alla voir, s'engagea aussi, pour obliger maître Chicot, à antidater le certificat de décès. L'homme et la femme rentrèrent tranquilles.

Ils se couchèrent et s'endormirent comme la veille, mêlant leurs souffles sonores au souffle plus faible du vieux.

Quand ils s'éveillèrent il n'était point mort.

* * *

Alors ils furent atterrés. Ils restaient debout, au chevet du père, le considérant avec méfiance, comme s'il avait voulu leur jouer un vilain tour, les tromper, les contrarier par plaisir, et ils lui en voulaient surtout du temps qu'il leur faisait perdre.

Le gendre demanda :

— Qué que j'allons faire ?

Elle n'en savait rien; elle répondit :

— C'est-i contrariant, tout d' même!

On ne pouvait maintenant prévenir tous les invités, qui allaient arriver sur l'heure. On résolut de les attendre, pour leur expliquer la chose.

Vers sept heures moins dix, les premiers apparurent. Les femmes en noir, la tête couverte d'un grand voile, s'en venaient d'un air triste. Les hommes, gênés dans leurs vestes de drap, s'avançaient plus délibérément, deux par deux, en devisant des affaires.

Maître Chicot et sa femme, effarés, les reçurent en se désolant; et tous deux, tout à coup, au même moment, en abordant le premier groupe, se mirent à pleurer. Ils expliquaient l'aventure, contaient leur embarras, offraient des chaises, se remuaient, s'excusaient, voulaient prouver que tout le monde aurait fait comme eux, parlaient sans fin, devenus brusquement bavards à ne laisser personne leur répondre.

Ils allaient de l'un à l'autre :

— Je l'aurions point cru; c'est point croyable qu'il aurait duré comme ça!

Les invités interdits, un peu déçus, comme des gens qui manquent une cérémonie attendue, ne savaient que faire, demeuraient assis ou debout. Quelques-uns voulurent s'en aller. Maître Chicot les retint :

— J'allons casser une croûte tout d' même. J'avions fait des douillons; faut bien n'en profiter.

Les visages s'éclairèrent à cette pensée. On se mit à causer à voix basse. La cour peu à peu s'emplissait; les premiers venus disaient la nouvelle aux nouveaux arrivants. On chuchotait, l'idée des douillons égayant tout le monde.

Les femmes entraient pour regarder le mourant. Elles se signaient auprès du lit, balbutiaient une prière, ressortaient. Les hommes, moins avides de ce spectacle, jetaient un seul coup d'œil de la fenêtre qu'on avait ouverte.

Mme Chicot expliquait l'agonie :

— V'là deux jours qu'il est comme ça, ni plus ni moins, ni plus haut ni plus bas. Dirait-on point eune pompe qu'a pu d'iau ?

***

Quand tout le monde eut vu l'agonisant, on pensa à la collation; mais, comme on était trop nombreux pour tenir dans la cuisine, on sortit la table devant la porte. Les quatre douzaines de douillons, dorés, appétissants, tiraient les yeux, disposés dans deux grands plats. Chacun avançait le bras pour prendre le sien, craignant qu'il n'y en eût pas assez. Mais il en resta quatre.

Maître Chicot, la bouche pleine, prononca :

— S'i nous véyait, l' pé, ça lui f'rait deuil. C'est li qui les aimait d' son vivant.

Un gros paysan jovial déclara :

— I n'en mangera pu, à c't' heure. Chacun son tour.

Cette réflexion, loin d'attrister les invités, sembla les réjouir. C'était leur tour, à eux, de manger des boules.

Mme Chicot, désolée de la dépense, allait sans cesse au cellier chercher du cidre. Les brocs se suivaient et se vidaient coup sur coup. On riait maintenant, on parlait fort, on commençait à crier comme on crie dans les repas.

Tout à coup une vieille paysanne qui était restée près du moribond, retenue par une peur avide de cette chose qui lui arriverait bientôt à elle-même, apparut à la fenêtre, et s'écria d'une voix aiguë :

— Il a passé! il a passé!

Chacun se tut. Les femmes se levèrent vivement pour aller voir.

Il était mort, en effet. Il avait cessé de râler. Les hommes se regardaient, baissaient les yeux, mal à leur aise. On n'avait pas fini de mâcher les boules. Il avait mal choisi son moment, ce gredin-là.

Les Chicot, maintenant, ne pleuraient plus. C'était fini, ils étaient tranquilles. Ils répétaient :

— J' savions bien qu' ça n' pouvait point durer. Si seulement il avait pu s' décider c'te nuit, ça n'aurait point fait tout ce dérangement.

N'importe, c'était fini. On l'enterrerait lundi, voilà tout, et on remangerait des douillons pour l'occasion.

Les invités s'en allèrent, en causant de la chose, contents tout de même d'avoir vu ça et aussi d'avoir cassé une croûte.

Et quand l'homme et la femme furent demeurés

tout seuls, face à face, elle dit, la figure contractée par l'angoisse :

— Faudra tout d' même r'cuire quatre douzaines de boules! Si seulement il avait pu s' décider c'te nuit!

Et le mari, plus résigné, répondit :

— Ça n' serait pas à r'faire tous les jours.

UN LÂCHE[1]

1. Ce conte a paru d'abord dans *Le Gaulois* du 27 janvier 1884, avec le titre *Un lâche ?* et la signature de *Guy de Maupassant*.

On l'appelait dans le monde : le « beau Signoles ». Il se nommait le vicomte Gontran-Joseph de Signoles.

Orphelin et maître d'une fortune suffisante, il faisait figure, comme on dit. Il avait de la tournure et de l'allure, assez de parole pour faire croire à de l'esprit, une certaine grâce naturelle, un air de noblesse et de fierté, la moustache brave et l'œil doux, ce qui plaît aux femmes.

Il était demandé dans les salons, recherché par les valseuses, et il inspirait aux hommes cette inimitié souriante qu'on a pour les gens de figure énergique. On lui avait soupçonné quelques amours capables de donner fort bonne opinion d'un garçon. Il vivait heureux, tranquille, dans le bien-être moral le plus complet. On savait qu'il tirait bien l'épée et mieux encore le pistolet.

— Quand je me battrai, disait-il, je choisirai le pistolet. Avec cette arme, je suis sûr de tuer mon homme.

Or, un soir, comme il avait accompagné au théâtre deux jeunes femmes de ses amies, escortées d'ailleurs de leurs époux, il leur offrit, après le spectacle, de prendre une glace chez Tortoni. Ils étaient entrés depuis quelques minutes, quand il s'aperçut qu'un monsieur assis à une table voisine regardait avec obstination une de ses voisines. Elle semblait gênée, inquiète, baissait la tête. Enfin elle dit à son mari :

— Voici un homme qui me dévisage. Moi, je ne le connais pas; le connais-tu ?

Le mari, qui n'avait rien vu, leva les yeux mais déclara :

— Non, pas du tout.

La jeune femme reprit, moitié souriante, moitié fâchée :

— C'est fort gênant; cet individu me gâte ma glace.

Le mari haussa les épaules :

— Bast! n'y fais pas attention. S'il fallait s'occuper de tous les insolents qu'on rencontre, on n'en finirait pas.

Mais le vicomte s'était levé brusquement. Il ne pouvait admettre que cet inconnu gâtât une glace qu'il avait offerte. C'était à lui que l'injure s'adressait, puisque c'était par lui et pour lui que ses amis étaient entrés dans ce café. L'affaire donc ne regardait que lui.

Il s'avança vers l'homme et lui dit :

— Vous avez, Monsieur, une manière de regarder ces dames que je ne puis tolérer. Je vous prie de vouloir bien cesser cette insistance.

L'autre répliqua :

— Vous allez me ficher la paix, vous.

Le vicomte déclara, les dents serrées :

— Prenez garde, Monsieur, vous allez me forcer à passer la mesure.

Le monsieur ne répondit qu'un mot, un mot ordurier qui sonna d'un bout à l'autre du café, et fit, comme par l'effet d'un ressort, accomplir à chaque consommateur un mouvement brusque. Tous ceux qui tournaient le dos se retournèrent; tous les autres levèrent la tête; trois garçons pivotèrent sur leurs talons comme des toupies; les deux dames du comptoir eurent un sursaut, puis une conversion du torse entier, comme si elles eussent été deux automates obéissant à la même manivelle.

Un grand silence s'était fait. Puis, tout à coup, un bruit sec claqua dans l'air : le vicomte avait giflé son adversaire. Tout le monde se leva pour s'interposer. Des cartes furent échangées.

*
* *

Quand le vicomte fut rentré chez lui, il marcha pendant quelques minutes à grands pas vifs, à travers sa chambre. Il était trop agité pour réfléchir à rien. Une seule idée planait sur son esprit : « un duel », sans que cette idée éveillât encore en lui une émotion quelconque. Il avait fait ce qu'il devait faire; il s'était montré ce qu'il devait être. On en parlerait, on l'approuverait, on le féliciterait. Il répétait à voix haute, parlant comme on parle dans les grands troubles de pensée :

— Quelle brute que cet homme!

Puis il s'assit et se mit à réfléchir. Il lui fallait, dès le matin, trouver des témoins. Qui choisirait-il ? Il cherchait les gens les plus posés et les plus célèbres de sa connaissance. Il prit enfin le marquis de La Tour-Noire et le colonel Bourdin, un grand seigneur et un soldat, c'était fort bien. Leurs noms porteraient dans les journaux. Il s'aperçut qu'il avait soif et il but, coup sur coup, trois verres d'eau; puis il se remit à marcher. Il se sentait plein d'énergie. En se montrant crâne, résolu à tout, et en exigeant des conditions rigoureuses, dangereuses, en réclamant un duel sérieux, très sérieux, terrible, son adversaire reculerait probablement et ferait des excuses.

Il reprit la carte qu'il avait tirée de sa poche et jetée sur sa table et il la relut comme il l'avait déjà lue, au café, d'un coup d'œil et, dans le fiacre, à la lueur de chaque bec de gaz, en revenant. « Georges Lamil, 51, rue Moncey. » Rien de plus.

Il examinait ces lettres assemblées qui lui paraissaient mystérieuses, pleines de sens confus : Georges Lamil! Qui était cet homme ? Que faisait-il ? Pourquoi avait-il regardé cette femme d'une pareille façon ? N'était-ce pas révoltant qu'un étranger, un inconnu vînt troubler ainsi votre vie, tout d'un coup, parce qu'il lui avait plu de fixer insolemment les yeux sur une femme ? Et le vicomte répéta encore une fois, à haute voix :

— Quelle brute!

Puis il demeura immobile, debout, songeant, le regard toujours planté sur la carte. Une colère s'éveillait en lui contre ce morceau de papier, une colère haineuse où se mêlait un étrange sentiment de malaise. C'était stupide, cette histoire-là! Il prit un canif ouvert sous sa main et le piqua au milieu du nom imprimé, comme s'il eût poignardé quelqu'un.

Donc il fallait se battre! Choisirait-il l'épée ou le pistolet, car il se considérait bien comme l'insulté. Avec l'épée, il risquait moins; mais avec le pistolet il avait chance de faire reculer son adversaire. Il est bien rare qu'un duel à l'épée soit mortel, une prudence réciproque empêchant les combattants de se tenir en garde assez près l'un de l'autre pour qu'une pointe entre profondément. Avec le pistolet il risquait sa vie sérieusement; mais il pouvait aussi se tirer d'affaire avec tous les honneurs de la situation et sans arriver à une rencontre.

Il prononça :

— Il faut être ferme. Il aura peur.

Le son de sa voix le fit tressaillir et il regarda autour de lui. Il se sentait fort nerveux. Il but encore un verre d'eau, puis commença à se dévêtir pour se coucher.

Dès qu'il fut au lit il souffla sa lumière et ferma les yeux.

Il pensait :

— J'ai toute la journée de demain pour m'occuper de mes affaires. Dormons d'abord afin d'être calme.

Il avait très chaud dans ses draps, mais il ne pouvait parvenir à s'assoupir. Il se tournait et se retournait, demeurait cinq minutes sur le dos, puis se plaçait sur le côté gauche, puis se roulait sur le côté droit.

Il avait encore soif. Il se releva pour boire. Puis une inquiétude le saisit :

— Est-ce que j'aurais peur ?

Pourquoi son cœur se mettait-il à battre follement à chaque bruit connu de sa chambre ? Quand la pendule allait sonner, le petit grincement du ressort qui se dresse lui faisait faire un sursaut; et il lui fallait ouvrir la bouche pour respirer ensuite pendant quelques secondes, tant il demeurait oppressé.

Il se mit à raisonner avec lui-même sur la possibilité de cette chose :

— Aurais-je peur ?

Non certes, il n'aurait pas peur, puisqu'il était résolu à aller jusqu'au bout, puisqu'il avait cette volonté bien arrêtée de se battre, de ne pas trembler. Mais il se sentait si profondément troublé qu'il se demanda :

— Peut-on avoir peur, malgré soi ?

Et ce doute l'envahit, cette inquiétude, cette épouvante; si une force plus puissante que sa volonté, dominatrice, irrésistible, le domptait, qu'arriverait-il ? Oui, que pouvait-il arriver ? Certes, il irait sur le terrain, puisqu'il voulait y aller. Mais s'il tremblait ? Mais s'il perdait connaissance ? Et il songea à sa situation, à sa réputation, à son nom.

Et un singulier besoin le prit tout à coup de se relever pour se regarder dans la glace. Il ralluma sa bougie. Quand il aperçut son visage reflété dans le verre poli, il se reconnut à peine, et il lui sembla qu'il ne s'était jamais vu. Ses yeux lui parurent énormes; et il était pâle, certes, il était pâle, très pâle.

Il restait debout en face du miroir. Il tira la langue comme pour constater l'état de sa santé, et tout d'un coup cette pensée entra en lui à la façon d'une balle :

— Après-demain, à cette heure-ci, je serai peut-être mort.

Et son cœur se remit à battre furieusement.

— Après-demain à cette heure-ci, je serai peut-être mort. Cette personne en face de moi, ce moi que je vois dans cette glace, ne sera plus. Comment! me voici, je me regarde, je me sens vivre, et dans vingt-quatre heures je serai couché dans ce lit, mort, les yeux fermés, froid, inanimé, disparu.

Il se retourna vers la couche et il se vit distinctement étendu sur le dos dans ces mêmes draps qu'il venait de quitter. Il avait ce visage creux qu'ont les morts et cette mollesse des mains qui ne remueront plus.

Alors il eut peur de son lit et, pour ne plus le regarder, il passa dans son fumoir. Il prit machinalement un cigare, l'alluma et se remit à marcher. Il avait froid; il alla vers la sonnette pour réveiller son valet de chambre; mais il s'arrêta, la main levée vers le cordon :

— Cet homme va s'apercevoir que j'ai peur.

Et il ne sonna pas, il fit du feu. Ses mains tremblaient un peu, d'un frémissement nerveux, quand elles touchaient les objets. Sa tête s'égarait; ses pensées, troubles, devenaient fuyantes, brusques, douloureuses; une ivresse envahissait son esprit comme s'il eût bu.

Et sans cesse il se demandait :

— Que vais-je faire ? Que vais-je devenir ?

Tout son corps vibrait, parcouru de tressaillements saccadés; il se releva et, s'approchant de la fenêtre, ouvrit les rideaux.

Le jour venait, un jour d'été. Le ciel rose faisait roses la ville, les toits et les murs. Une grande tombée de lumière tendue, pareille à une caresse du soleil levant, enveloppait le monde réveillé; et, avec cette lueur, un espoir gai, rapide, brutal, envahit le cœur du vicomte! Etait-il fou de s'être laissé ainsi terrasser par la crainte, avant même que rien fût décidé, avant que ses témoins eussent vu ceux de ce Georges Lamil, avant qu'il sût encore s'il allait seulement se battre ?

Il fit sa toilette, s'habilla et sortit d'un pas ferme.

***

Il se répétait, tout en marchant :

— Il faut que je sois énergique, très énergique. Il faut que je prouve que je n'ai pas peur.

Ses témoins, le marquis et le colonel, se mirent à sa disposition, et après lui avoir serré énergiquement les mains, discutèrent les conditions.

Le colonel demanda :

— Vous voulez un duel sérieux ?

Le vicomte répondit :

— Très sérieux.

Le marquis reprit :

— Vous tenez au pistolet ?

— Oui.

— Nous laissez-vous libres de régler le reste ?

Le vicomte articula d'une voix sèche, saccadée :

— Vingt pas, au commandement, en levant l'arme au lieu de l'abaisser. Echange de balles jusqu'à blessure grave.

Le colonel déclara d'un ton satisfait :

— Ce sont des conditions excellentes. Vous tirez bien, toutes les chances sont pour vous.

Et ils partirent. Le vicomte rentra chez lui pour les attendre. Son agitation, apaisée un moment, grandissait maintenant de minute en minute. Il se sentait le long des bras, le long des jambes, dans la poitrine, une sorte de frémissement, de vibration continue; il ne pouvait tenir en place, ni assis, ni debout. Il n'avait plus dans la bouche une apparence de salive, et il faisait à tout instant un mouvement bruyant de la langue, comme pour la décoller de son palais.

Il voulut déjeuner, mais il ne put manger. Alors l'idée lui vint de boire pour se donner du courage, et il se fit apporter un carafon de rhum dont il avala, coup sur coup, six petits verres.

Une chaleur, pareille à une brûlure, l'envahit, suivie aussitôt d'un étourdissement de l'âme. Il pensa :

— Je tiens le moyen. Maintenant ça va bien.

Mais au bout d'une heure il avait vidé le carafon, et son état d'agitation redevenait intolérable. Il sentait un besoin fou de se rouler par terre, de crier, de mordre. Le soir tombait.

Un coup de timbre lui donna une telle suffocation qu'il n'eut pas la force de se lever pour recevoir ses témoins.

Il n'osait même plus leur parler, leur dire « bonjour », prononcer un seul mot, de crainte qu'ils ne devinassent tout à l'altération de sa voix.

Le colonel prononça :

— Tout est réglé aux conditions que vous avez fixées. Votre adversaire réclamait d'abord les privilèges d'offensé, mais il a cédé presque aussitôt et a tout accepté. Ses témoins sont deux militaires.

Le vicomte prononça :

— Merci.

Le marquis reprit :

— Excusez-nous si nous ne faisons qu'entrer et sortir, mais nous avons encore à nous occuper de mille choses. Il faut un bon médecin, puisque le combat ne cessera qu'après blessure grave, et vous savez que les balles ne badinent pas. Il faut désigner l'endroit, à proximité d'une maison pour y porter le blessé si c'est nécessaire, etc.; enfin, nous en avons encore pour deux ou trois heures.

Le vicomte articula une seconde fois :

— Merci.

Le colonel demanda :

— Vous allez bien ? vous êtes calme ?

— Oui, très calme, merci.

Les deux hommes se retirèrent.

***

Quand il se sentit seul de nouveau, il lui sembla qu'il devenait fou. Son domestique ayant allumé les lampes, il s'assit devant sa table pour écrire des lettres. Après avoir tracé, au haut d'une page : « Ceci est mon testament... » il se releva d'une secousse et s'éloigna, se sentant incapable d'unir deux idées, de prendre une résolution, de décider quoi que ce fût.

Ainsi, il allait se battre! Il ne pouvait plus éviter cela. Que se passait-il donc en lui ? Il voulait se battre, il avait cette intention et cette résolution fermement arrêtées; et il sentait bien, malgré tout l'effort de son esprit et toute la tension de sa volonté, qu'il ne pourrait même conserver la force nécessaire pour aller jusqu'au lieu de la rencontre. Il cherchait à se figurer le combat, son attitude à lui et la tenue de son adversaire.

De temps en temps, ses dents s'entrechoquaient dans sa bouche avec un petit bruit sec. Il voulut lire, et prit le code du duel de Châteauvillard. Puis il se demanda :

— Mon adversaire a-t-il fréquenté les tirs ? Est-il connu ? Est-il classé ? Comment le savoir ?

Il se souvint du livre du baron de Vaux sur les tireurs au pistolet, et il le parcourut d'un bout à l'autre. Georges Lamil n'y était pas nommé. Mais cependant si cet homme n'était pas un tireur, il n'aurait pas accepté immédiatement cette arme dangereuse et ces conditions mortelles!

Il ouvrit, en passant, une boîte de Gastinne Renette posée sur un guéridon, et prit un des pistolets, puis il se plaça comme pour tirer et leva le bras. Mais il tremblait des pieds à la tête et le canon remuait dans tous les sens.

Alors, il se dit :

— C'est impossible. Je ne puis me battre ainsi.

Il regardait au bout du canon ce petit trou noir et profond qui crache la mort, il songeait au déshonneur, aux chuchotements dans les cercles, aux rires dans les salons, au mépris des femmes, aux allusions des journaux, aux insultes que lui jetteraient les lâches.

Il regardait toujours l'arme, et, levant le chien, il vit soudain une amorce briller dessous comme une petite flamme rouge. Le pistolet était demeuré chargé, par hasard, par oubli. Et il éprouva de cela une joie confuse, inexplicable.

S'il n'avait pas, devant l'autre, la tenue noble et calme qu'il faut, il serait perdu à tout jamais. Il serait taché, marqué d'un signe d'infamie, chassé du monde! Et cette tenue calme et crâne, il ne l'aurait pas, il le savait, il le sentait. Pourtant il était brave, puisqu'il voulait se battre!... Il était brave, puisque... La pensée qui l'effleura ne s'acheva même pas dans son esprit; mais, ouvrant la bouche toute grande, il s'enfonça brusquement, jusqu'au fond de la gorge, le canon de son pistolet, et il appuya sur la gâchette...

Quand son valet de chambre accourut, attiré par la détonation, il le trouva mort, sur le dos. Un jet de sang avait éclaboussé le papier blanc sur la table et faisait une grande tache rouge au-dessous de ces quatre mots :

« Ceci est mon testament. »

L'IVROGNE [1]

1. Ce conte a paru d'abord dans *Le Gaulois* du 20 avril 1884, sous la signature de *Guy de Maupassant*.

Le vent du nord soufflait en tempête, emportant par le ciel d'énormes nuages d'hiver, lourds et noirs, qui jetaient en passant sur la terre des averses furieuses.

La mer démontée mugissait et secouait la côte, précipitant sur le rivage des vagues énormes, lentes et baveuses, qui s'écroulaient avec des détonations d'artillerie. Elles s'en venaient tout doucement, l'une après l'autre, hautes comme des montagnes, éparpillant dans l'air, sous les rafales, l'écume blanche de leurs têtes ainsi qu'une sueur de monstres.

L'ouragan s'engouffrait dans le petit vallon d'Yport, sifflait et gémissait, arrachant les ardoises des toits, brisant les auvents, abattant les cheminées, lançant dans les rues de telles poussées de vent qu'on ne pouvait marcher qu'en se tenant aux murs, et que les enfants eussent été enlevés comme des feuilles et jetés dans les champs par-dessus les maisons.

On avait halé les barques de pêche jusqu'au pays, par crainte de la mer qui allait balayer la plage à marée pleine, et quelques matelots, cachés derrière le ventre rond des embarcations couchées sur le flanc, regardaient cette colère du ciel et de l'eau.

Puis ils s'en allaient peu à peu, car la nuit tombait sur la tempête, enveloppant d'ombre l'Océan affolé, et tout le fracas des éléments en furie.

Deux hommes restaient encore, les mains dans les poches, le dos rond sous les bourrasques, le bonnet de laine enfoncé jusqu'aux yeux, deux grands pêcheurs normands, au collier de barbe rude, à la peau brûlée par les rafales salées du large, aux yeux bleus piqués d'un grain noir au milieu, ces yeux perçants des marins qui voient au bout de l'horizon, comme un oiseau de proie.

Un d'eux disait :

— Allons, viens-t'en, Jérémie. J'allons passer l' temps aux dominos. C'est mé qui paye.

L'autre hésitait encore, tenté par le jeu et l'eau-de-vie, sachant bien qu'il allait encore s'ivrogner s'il entrait chez Paumelle, retenu aussi par l'idée de sa femme restée toute seule dans sa masure.

Il demanda :

— On dirait qu' t'as fait une gageure de m' soûler tous les soirs. Dis-mé, qué qu' ça te rapporte, pisque tu payes toujours ?

Et il riait tout de même à l'idée de toute cette eau-de-vie bue aux frais d'un autre; il riait d'un rire content de Normand en bénéfice.

Mathurin, son camarade, le tirait toujours par le bras.

— Allons, viens-t'en, Jérémie. C'est pas un soir à rentrer sans rien d' chaud dans le ventre. Qué qu' tu crains ? Ta femme va-t-il pas bassiner ton lit ?

Jérémie répondait :

— L'aut' soir que je n'ai point pu r' trouver la porte... Qu'on m'a quasiment r' pêché dans le ruisseau de d' vant chez nous!

Et il riait encore à ce souvenir de pochard, et il allait tout doucement vers le café de Paumelle, dont la vitre illuminée brillait; il allait, tiré par Mathurin et poussé par le vent, incapable de résister à ces deux forces.

La salle basse était pleine de matelots, de fumée et de cris. Tous ces hommes, vêtus de laine, les coudes sur les tables, vociféraient pour se faire entendre. Plus il entrait de buveurs, plus il fallait hurler dans le vacarme des voix et des dominos tapés sur le marbre, histoire de faire plus de bruit encore.

Jérémie et Mathurin allèrent s'asseoir dans un coin et commencèrent une partie, et les petits verres disparaissaient, l'un après l'autre, dans la profondeur de leurs gorges.

Puis ils jouèrent d'autres parties, burent d'autres petits verres. Mathurin versait toujours, en clignant de l'œil au patron, un gros homme aussi rouge que du feu et qui rigolait, comme s'il eût su quelque longue farce; et Jérémie engloutissait l'alcool, balançait sa tête, poussait des rires pareils à des rugissements en regardant son compère d'un air hébété et content.

Tous les clients s'en allaient. Et, chaque fois que l'un d'eux ouvrait la porte du dehors pour partir, un coup de vent entrait dans le café, remuait en tempête la lourde fumée des pipes, balançait les lampes au bout de leurs chaînettes et faisait vaciller leurs flammes; et on entendait tout à coup le choc profond d'une vague s'écroulant et le mugissement de la bourrasque.

Jérémie, le col desserré, prenait des poses de soûlard, une jambe étendue, un bras tombant; et de l'autre main il tenait ses dominos.

Ils restaient seuls maintenant avec le patron, qui s'était approché, plein d'intérêt.

Il demanda :

— Eh ben, Jérémie, ça va-t-il, à l'intérieur ? Es-tu rafraîchi à force de t'arroser ?

Et Jérémie bredouilla :

— Plus qu'il en coule, pus qu'il fait sec. là-dedans.

Le cafetier regardait Mathurin d'un air finaud. Il dit :

— Et ton fré, Mathurin, ous qu'il est à c't heure ?

Le marin eut un rire muet :

— Il est au chaud, t'inquiète pas.

Et tous deux regardèrent Jérémie, qui posait triomphalement le double-six en annonçant :

— V'là le syndic.

Quand ils eurent achevé la partie, le patron déclara :

— Vous savez, mes gars, mé, j' va m' mettre au portefeuille. J' vous laisse une lampe et pi l' litre. Y en a pour vingt sous à bord. Tu fermeras la porte au dehors, Mathurin, et tu glisseras la clef d' sous l'auvent comme t'as fait l'aut' nuit.

Mathurin répliqua :

— T'inquiète pas. C'est compris.

Paumelle serra la main de ses deux clients tardifs, et monta lourdement son escalier en bois. Pendant quelques minutes, son pesant pas résonna dans la petite maison; puis un lourd craquement révéla qu'il venait de se mettre au lit.

Les deux hommes continuèrent à jouer; de temps en temps, une rage plus forte de l'ouragan secouait la porte, faisait trembler les murs, et les deux buveurs levaient la tête comme si quelqu'un allait entrer. Puis Mathurin prenait le litre et remplissait le verre de Jérémie. Mais soudain, l'horloge suspendue sur le comptoir sonna minuit. Son timbre enroué ressemblait à un choc de casseroles, et les coups vibraient longtemps, avec une sonorité de ferraille.

Mathurin aussitôt se leva, comme un matelot dont le quart est fini :

— Allons, Jérémie, faut décaniller.

L'autre se mit en mouvement avec plus de peine, prit son aplomb en s'appuyant à la table; puis il gagna la porte et l'ouvrit pendant que son compagnon éteignait la lampe.

Lorsqu'ils furent dans la rue, Mathurin ferma la boutique; puis il dit :

— Allons, bonsoir, à demain.

Et il disparut dans les ténèbres.

***

Jérémie fit trois pas, puis oscilla, étendit les mains, rencontra un mur qui le soutint debout et se remit en marche en trébuchant. Par moments, une bourrasque, s'engouffrant dans la rue étroite, le lançait en avant, le faisait courir quelques pas; puis, quand la violence de la trombe cessait, il s'arrêtait net, ayant perdu son pousseur, et il se remettait à vaciller sur ses jambes capricieuses d'ivrogne.

Il allait, d'instinct, vers sa demeure, comme les oiseaux vont au nid. Enfin, il reconnut sa porte et il se mit à la tâter pour découvrir la serrure et placer la clef dedans. Il ne trouvait pas le trou et jurait à mi-voix. Alors il tapa dessus à coups de poing, appelant sa femme pour qu'elle vînt l'aider :

— Mélina! Eh! Mélina!

Comme il s'appuyait contre le battant pour ne point tomber, il céda, s'ouvrit, et Jérémie, perdant son appui, entra chez lui en s'écroulant, alla rouler sur le nez au milieu de son logis, et il sentit que quelque chose de lourd lui passait sur le corps, puis s'enfuyait dans la nuit.

Il ne bougeait plus, ahuri de peur, éperdu, dans une épouvante du diable, des revenants, de toutes les choses mystérieuses des ténèbres, et il attendit longtemps sans oser faire un mouvement. Mais, comme il vit que rien ne bougeait plus, un peu de raison lui revint, de la raison trouble de pochard.

Et il s'assit, tout doucement. Il attendit encore longtemps, et, s'enhardissant enfin, il prononça :

— Mélina!

Sa femme ne répondit pas.

Alors, tout d'un coup, un doute traversa sa cervelle obscurcie, un doute indécis, un soupçon vague. Il ne bougeait point; il restait là, assis par terre, dans le noir, cherchant ses idées, s'accrochant à des réflexions incomplètes et trébuchantes comme ses pieds.

Il demanda de nouveau :

— Dis-mé qui que c'était, Mélina. Dis-mé qui que c'était. Je te ferai rien.

Il attendit. Aucune voix ne s'éleva dans l'ombre. Il raisonnait tout haut, maintenant.

— Je sieus-ti bu, tout de même! Je sieus-ti bu! C'est li qui m'a boissonné comm' ça, manant; c'est li, pour que je rentre point. J' sieus ti bu!

Et il reprenait :

— Dis-mé qui que c'était, Mélina, ou j' vas faire quéque malheur.

Après avoir attendu de nouveau, il continuait, avec une logique lente et obstinée d'homme saoûl :

— C'est li qui m'a r'tenu chez ce fainéant de Paumelle; et l's autres soirs itou, pour que je rentre point. C'est quéque complice. Ah! charogne!

Lentement il se mit sur les genoux. Une colère sourde le gagnait, se mêlant à la fermentation des boissons.

Il répéta :

— Dis-mé qui qu' c'était, Mélina, ou j' vas cogner, j' te préviens!

Il était debout maintenant, frémissant d'une colère foudroyante, comme si l'alcool qu'il avait au corps se fût enflammé dans ses veines. Il fit un pas, heurta une chaise, la saisit, marcha encore, rencontra le lit, le palpa et sentit dedans le corps chaud de sa femme.

Alors, affolé de rage, il grogna :

— Ah! t'étais là, saleté, et tu n' répondais point!

Et, levant la chaise qu'il tenait dans sa poigne robuste de matelot, il l'abattit devant lui avec une furie exaspérée. Un cri jaillit de la couche; un cri éperdu, déchirant. Alors il se mit à frapper comme un batteur dans une grange. Et rien, bientôt, ne remua plus. La chaise s'envolait en morceaux; mais un pied lui restait à la main, et il tapait toujours, en haletant.

Puis soudain il s'arrêta pour demander :

— Diras-tu qui qu' c'était, à c' t' heure ?

Mélina ne répondit pas.

Alors, rompu de fatigue, abruti par sa violence, il se rassit par terre, s'allongea et s'endormit.

Quand le jour parut, un voisin, voyant sa porte ouverte, entra. Il aperçut Jérémie qui ronflait sur le sol, où gisaient les débris d'une chaise, et, dans le lit, une bouillie de chair et de sang.

UNE VENDETTA[1]

1. Ce conte a paru d'abord dans *Le Gaulois* du 14 octobre 1883, sous la signature de *Guy de Maupassant*.

La veuve de Paolo Saverini habitait seule avec son fils une petite maison pauvre sur les remparts de Bonifacio. La ville, bâtie sur une avancée de la montagne, suspendue même par places au-dessus de la mer, regarde, par-dessus le détroit hérissé d'écueils, la côte plus basse de la Sardaigne. A ses pieds, de l'autre côté, la contournant presque entièrement, une coupure de la falaise, qui ressemble à un gigantesque corridor, lui sert de port, amène jusqu'aux premières maisons, après un long circuit entre deux murailles abruptes, les petits bateaux pêcheurs italiens ou sardes, et, chaque quinzaine, le vieux vapeur poussif qui fait le service d'Ajaccio.

Sur la montagne blanche, le tas de maisons pose une tache plus blanche encore. Elles ont l'air de nids d'oiseaux sauvages, accrochées ainsi sur ce roc, dominant ce passage terrible où ne s'aventurent guère les navires. Le vent, sans repos, fatigue la mer, fatigue la côte nue, rongée par lui, à peine vêtue d'herbe ; il s'engouffre dans le détroit, dont il ravage les deux bords. Les traînées d'écume pâle, accrochées aux pointes noires des innombrables rocs qui percent partout les vagues, ont l'air de lambeaux de toiles flottant et palpitant à la surface de l'eau.

La maison de la veuve Saverini, soudée au bord même de la falaise, ouvrait ses trois fenêtres sur cet horizon sauvage et désolé.

Elle vivait là, seule, avec son fils Antoine et leur chienne « Sémillante », grande bête maigre, aux poils longs et rudes, de la race des gardeurs de troupeaux. Elle servait au jeune homme pour chasser.

Un soir, après une dispute, Antoine Saverini fut tué traîtreusement, d'un coup de couteau, par Nicolas Ravolati, qui, la nuit même, gagna la Sardaigne.

Quand la vieille mère reçut le corps de son enfant, que des passants lui rapportèrent, elle ne pleura pas, mais elle demeura longtemps immobile à le regarder; puis, étendant sa main ridée sur le cadavre, elle lui promit la vendetta. Elle ne voulut point qu'on restât avec elle, et elle s'enferma auprès du corps avec la chienne, qui hurlait. Elle hurlait, cette bête, d'une façon continue, debout au pied du lit, la tête tendue vers son maître, et la queue serrée entre les pattes. Elle ne bougeait pas plus que la mère, qui, penchée maintenant sur le corps, l'œil fixe, pleurait de grosses larmes muettes en le contemplant.

Le jeune homme, sur le dos, vêtu de sa veste de gros drap, trouée et déchirée à la poitrine, semblait dormir; mais il avait du sang partout : sur la chemise arrachée pour les premiers soins; sur son gilet, sur sa culotte, sur la face, sur les mains. Des caillots de sang s'étaient figés dans la barbe et dans les cheveux.

La vieille mère se mit à lui parler. Au bruit de cette voix, la chienne se tut.

— Va, va, tu seras vengé, mon petit, mon garçon, mon pauvre enfant. Dors, dors, tu seras vengé, entends-tu ? C'est la mère qui le promet! Et elle tient toujours sa parole, la mère, tu le sais bien.

Et lentement elle se pencha vers lui, collant ses lèvres froides sur les lèvres mortes.

Alors, Sémillante se remit à gémir. Elle poussait une longue plainte monotone, déchirante, horrible.

Elles restèrent là, toutes les deux, la femme et la bête, jusqu'au matin.

Antoine Saverini fut enterré le lendemain, et bientôt on ne parla plus de lui dans Bonifacio.

*
* *

Il n'avait laissé ni frère, ni proches cousins. Aucun homme n'était là pour poursuivre la vendetta. Seule, la mère y pensait, la vieille.

De l'autre côté du détroit, elle voyait du matin au soir un point blanc sur la côte. C'est un petit village sarde, Longosardo, où se réfugient les bandits corses traqués de trop près. Ils peuplent presque seuls ce hameau en face des côtes de leur patrie, et ils attendent là le moment de revenir, de retourner au maquis. C'est dans ce village, elle le savait, que s'était réfugié Nicolas Ravolati.

Toute seule, tout le long du jour, assise à sa fenêtre, elle regardait là-bas en songeant à la vengeance. Comment ferait-elle sans personne, infirme, si près de la mort ? Mais elle avait promis, elle avait juré sur le cadavre. Elle ne pouvait oublier, elle ne pouvait attendre. Que ferait-elle ? Elle ne dormait plus la nuit; elle n'avait plus ni repos ni apaisement; elle cherchait, obstinée. La chienne, à ses pieds, sommeillait, et, parfois, levant la tête, hurlait au loin. Depuis que son maître n'était plus là, elle hurlait souvent ainsi, comme si elle l'eût appelé, comme si son âme de bête, inconsolable, eût aussi gardé le souvenir que rien n'efface.

Or, une nuit, comme Sémillante se remettait à gémir, la mère, tout à coup, eut une idée, une idée de sauvage vindicatif et féroce. Elle la médita jusqu'au matin; puis, levée dès les approches du jour, elle se rendit à l'église. Elle pria, prosternée sur le pavé, abattue devant Dieu, le suppliant de l'aider, de la soutenir, de donner à son pauvre corps usé la force qu'il lui fallait pour venger le fils.

Puis elle rentra. Elle avait dans sa cour un ancien baril défoncé, qui recueillait l'eau des gouttières; elle le renversa, le vida, l'assujettit contre le sol avec des pieux et des pierres; puis elle enchaîna Sémillante à cette niche, et elle rentra.

Elle marchait maintenant, sans repos, dans sa chambre, l'œil fixé toujours sur la côte de Sardaigne. Il était là-bas, l'assassin.

La chienne, tout le jour et toute la nuit, hurla. La

vieille, au matin, lui porta de l'eau dans une jatte; mais rien de plus : pas de soupe, pas de pain.

La journée encore s'écoula. Sémillante, exténuée, dormait. Le lendemain, elle avait les yeux luisants, le poil hérissé, et elle tirait éperdument sur sa chaîne.

La vieille ne lui donna encore rien à manger. La bête, devenue furieuse, aboyait d'une voix rauque. La nuit encore se passa.

Alors, au jour levé, la mère Saverini alla chez le voisin, prier qu'on lui donnât deux bottes de paille. Elle prit de vieilles hardes qu'avait portées autrefois son mari, et les bourra de fourrage, pour simuler un corps humain.

Ayant piqué un bâton dans le sol, devant la niche de Sémillante, elle noua dessus ce mannequin, qui semblait ainsi se tenir debout. Puis elle figura la tête au moyen d'un paquet de vieux linge.

La chienne, surprise, regardait cet homme de paille, et se taisait, bien que dévorée de faim.

Alors la vieille alla acheter chez le charcutier un long morceau de boudin noir. Rentrée chez elle, elle alluma un feu de bois dans sa cour, auprès de la niche, et fit griller son boudin. Sémillante, affolée, bondissait, écumait, les yeux fixés sur le gril, dont le fumet lui entrait au ventre.

Puis la mère fit de cette bouillie fumante une cravate à l'homme de paille. Elle la lui ficela longtemps autour du cou, comme pour la lui entrer dedans. Quand ce fut fini, elle déchaîna la chienne.

D'un saut formidable, la bête atteignit la gorge du mannequin, et, les pattes sur les épaules, se mit à la déchirer. Elle retombait, un morceau de sa proie à la gueule, puis s'élançait de nouveau, enfonçait ses crocs dans les cordes, arrachait quelques parcelles de nourriture, retombait encore, et rebondissait, acharnée. Elle enlevait le visage par grands coups de dents, mettait en lambeaux le col entier.

La vieille, immobile et muette, regardait, l'œil allumé. Puis elle renchaîna sa bête, la fit encore jeûner deux jours, et recommença cet étrange exercice.

Pendant trois mois, elle l'habitua à cette sorte de lutte, à ce repas conquis à coups de crocs. Elle ne l'enchaînait plus maintenant, mais elle la lançait d'un geste sur le mannequin.

Elle lui avait appris à le déchirer, à le dévorer, sans même qu'aucune nourriture fût cachée en sa gorge. Elle lui donnait ensuite, comme récompense, le boudin grillé pour elle.

Dès qu'elle apercevait l'homme, Sémillante frémissait, puis tournait les yeux vers sa maîtresse, qui lui criait : « Va! » d'une voix sifflante, en levant le doigt.

***

Quand elle jugea le temps venu, la mère Saverini alla se confesser et communia un dimanche matin, avec une ferveur extatique; puis, ayant revêtu des habits de mâle, semblable à un vieux pauvre déguenillé, elle fit marché avec un pêcheur sarde, qui la conduisit, accompagnée de sa chienne, de l'autre côté du détroit.

Elle avait, dans un sac de toile, un grand morceau de boudin. Sémillante jeûnait depuis deux jours. La vieille femme, à tout moment, lui faisait sentir la nourriture odorante, et l'excitait.

Ils entrèrent dans Longosardo. La Corse allait en boitillant. Elle se présenta chez un boulanger et demanda la demeure de Nicolas Ravolati. Il avait repris son ancien métier, celui de menuisier. Il travaillait seul au fond de sa boutique.

La vieille poussa la porte et l'appela :

— Hé! Nicolas!

Il se tourna; alors, lâchant sa chienne, elle cria :

— Va, va, dévore, dévore!

L'animal, affolé, s'élança, saisit la gorge. L'homme étendit les bras, l'étreignit, roula par terre. Pendant quelques secondes, il se tordit, battant le sol de ses pieds; puis il demeura immobile, pendant que Sémillante lui fouillait le cou, qu'elle arrachait par lambeaux. Deux voisins, assis sur leur porte, se rappelèrent parfaitement avoir vu sortir un vieux pauvre avec un chien noir efflanqué qui mangeait, tout en marchant, quelque chose de brun que lui donnait son maître.

La vieille, le soir, était rentrée chez elle. Elle dormit bien, cette nuit-là.

COCO [1]

1. Ce conte a paru d'abord dans *Le Gaulois* du 21 janvier 1884, sous la signature de *Guy de Maupassant*.

Dans tout le pays environnant on appelait la ferme des Lucas « la Métairie ». On n'aurait su dire pourquoi. Les paysans, sans doute, attachaient à ce mot « métairie » une idée de richesse et de grandeur, car cette ferme était assurément la plus vaste, la plus opulente et la plus ordonnée de la contrée.

La cour, immense, entourée de cinq rangs d'arbres magnifiques pour abriter contre le vent violent de la plaine les pommiers trapus et délicats, enfermait de longs bâtiments couverts en tuiles pour conserver les fourrages et les grains, de belles étables bâties en silex, des écuries pour trente chevaux, et une maison d'habitation en briques rouges, qui ressemblait à un petit château.

Les fumiers étaient bien tenus; les chiens de garde habitaient en des niches, un peuple de volailles circulait dans l'herbe haute.

Chaque midi, quinze personnes, maîtres, valets et servantes, prenaient place autour de la longue table de cuisine où fumait la soupe dans un grand vase de faïence à fleurs bleues.

Les bêtes, chevaux, vaches, porcs et moutons, étaient grasses, soignées et propres; et maître Lucas, un grand homme qui prenait du ventre, faisait sa ronde trois fois par jour, veillant sur tout et pensant à tout.

On conservait, par charité, dans le fond de l'écurie, un très vieux cheval blanc que la maîtresse voulait nourrir jusqu'à sa mort naturelle, parce qu'elle l'avait élevé, gardé toujours, et qu'il lui rappelait des souvenirs.

Un goujat de quinze ans, nommé Isidore Duval, et appelé plus simplement Zidore, prenait soin de cet invalide, lui donnait, pendant l'hiver, sa mesure d'avoine et son fourrage, et devait aller quatre fois par jour, en été, le déplacer dans la côte où on l'attachait, afin qu'il eût en abondance de l'herbe fraîche.

L'animal, presque perclus, levait avec peine ses jambes lourdes, grosses des genoux et enflées au-dessus des sabots. Ses poils, qu'on n'étrillait plus jamais, avaient l'air de cheveux blancs et des cils très longs donnaient à ses yeux un air triste.

Quand Zidore le menait à l'herbe il lui fallait tirer sur la corde, tant la bête allait lentement; et le gars, courbé, haletant, jurait contre elle, s'exaspérant d'avoir à soigner cette vieille rosse.

Les gens de la ferme, voyant cette colère du goujat contre Coco, s'en amusaient, parlaient sans cesse du cheval à Zidore pour exaspérer le gamin. Ses camarades le plaisantaient. On l'appelait dans le village Coco-Zidore.

Le gars rageait, sentant naître en lui le désir de se venger du cheval. C'était un maigre enfant haut sur jambes, très sale, coiffé de cheveux roux, épais, durs et hérissés. Il semblait stupide, parlait en bégayant, avec une peine infinie, comme si les idées n'eussent pu se former dans son âme épaisse de brute.

Depuis longtemps déjà, il s'étonnait qu'on gardât Coco, s'indignant de voir perdre du bien pour cette bête inutile. Du moment qu'elle ne travaillait plus, il lui semblait injuste de la nourrir, il lui semblait révoltant de gaspiller de l'avoine, de l'avoine qui coûtait si cher, pour ce bidet paralysé. Et souvent même. malgré les ordres de maître Lucas, il économisait sur la nourriture du cheval, ne lui versant qu'une demi-mesure, ménageant sa litière et son foin. Et une haine grandissait en son esprit confus d'enfant, une haine de paysan rapace, de paysan sournois, féroce, brutal et lâche.

***

Lorsque revint l'été, il lui fallut aller *remuer* la bête dans sa côte. C'était loin. Le goujat, plus furieux chaque matin, partait de son pas lourd à travers les blés. Les hommes qui travaillaient dans les terres lui criaient, par plaisanterie :

— Hé Zidore, tu f'ras mes compliments à Coco.

Il ne répondait point; mais il cassait, en passant, une baguette dans une haie et, dès qu'il avait déplacé l'attache du vieux cheval, il le laissait se remettre à brouter; puis, approchant traîtreusement, il lui cinglait les jarrets. L'animal essayait de fuir, de ruer, d'échapper aux coups, et il tournait au bout de sa corde comme s'il eût été enfermé dans une piste. Et le gars le frappait avec rage, courant derrière, acharné, les dents serrées par la colère.

Puis il s'en allait lentement, sans se retourner, tandis que le cheval le regardait partir de son œil de vieux, les côtes saillantes, essoufflé d'avoir trotté. Et il ne rebaissait vers l'herbe sa tête osseuse et blanche qu'après avoir vu disparaître au loin la blouse bleue du jeune paysan.

Comme les nuits étaient chaudes, on laissait maintenant Coco coucher dehors, là-bas, au bord de la ravine, derrière le bois. Zidore seul allait le voir.

L'enfant s'amusait encore à lui jeter des pierres. Il s'asseyait à dix pas de lui, sur un talus, et il restait là une demi-heure, lançant de temps en temps un caillou tranchant au bidet, qui demeurait debout, enchaîné devant son ennemi, et le regardant sans cesse, sans oser paître avant qu'il fût reparti.

Mais toujours cette pensée restait plantée dans l'esprit du goujat : « Pourquoi nourrir ce cheval qui ne faisait plus rien ? » Il lui semblait que cette misérable rosse volait le manger des autres, volait l'avoir des hommes, le bien du bon Dieu, le volait même aussi, lui, Zidore, qui travaillait.

Alors, peu à peu, chaque jour, le gars diminua la bande de pâturage qu'il lui donnait en avançant le piquet de bois où était fixée la corde.

La bête jeûnait, maigrissait, dépérissait. Trop faible pour casser son attache, elle tendait la tête vers la grande herbe verte et luisante, si proche, et dont l'odeur lui venait sans qu'elle y pût toucher.

Mais, un matin, Zidore eut une idée : c'était de ne plus remuer Coco. Il en avait assez d'aller si loin pour cette carcasse.

Il vint cependant, pour savourer sa vengeance. La bête inquiète le regardait. Il ne la battit pas ce jour-là. Il tournait autour, les mains dans les poches. Même il fit mine de la changer de place, mais il renfonça le piquet juste dans le même trou, et il s'en alla, enchanté de son invention.

Le cheval, le voyant partir, hennit pour le rappeler; mais le goujat se mit à courir, le laissant seul, tout seul dans son vallon, bien attaché, et sans un brin d'herbe à portée de la mâchoire.

Affamé, il essaya d'atteindre la grasse verdure qu'il touchait du bout de ses naseaux. Il se mit sur les genoux, tendant le cou, allongeant ses grandes lèvres baveuses. Ce fut en vain. Tout le jour, elle s'épuisa, la vieille bête, en efforts inutiles, en effort terribles. La faim la dévorait, rendue plus affreuse par la vue de toute la verte nourriture qui s'étendait par l'horizon.

Le goujat ne revint point ce jour-là. Il vagabonda par les bois pour chercher des nids.

Il reparut le lendemain. Coco, exténué, s'était couché. Il se leva en apercevant l'enfant, attendant enfin d'être changé de place.

Mais le petit paysan ne toucha même pas au maillet jeté dans l'herbe. Il s'approcha, regarda l'animal, lui lança dans le nez une motte de terre qui s'écrasa sur le poil blanc, et il repartit en sifflant.

Le cheval resta debout tant qu'il put l'apercevoir encore; puis, sentant bien que ses tentatives pour atteindre l'herbe voisine seraient inutiles, il s'étendit de nouveau sur le flanc et ferma les yeux.

Le lendemain, Zidore ne vint pas.

Quand il approcha, le jour suivant, de Coco toujours étendu, il s'aperçut qu'il était mort.

Alors il demeura debout, le regardant, content de son œuvre, étonné en même temps que ce fût déjà fini. Il le toucha du pied, leva une de ses jambes, puis la laissa retomber, s'assit dessus, et resta là, les yeux fixés dans l'herbe et sans penser à rien.

Il revint à la ferme, mais il ne dit pas l'accident, car il voulait vagabonder encore aux heures où, d'ordinaire, il allait changer de place le cheval.

Il alla le voir le lendemain. Des corbeaux s'envolèrent à son approche. Des mouches innombrables se promenaient sur le cadavre et bourdonnaient à l'entour.

En rentrant, il annonça la chose. La bête était si vieille que personne ne s'étonna. Le maître dit à deux valets :

« Prenez vos pelles, vous ferez un trou là ousqu'il est. »

Et les hommes enfouirent le cheval juste à la place où il était mort de faim.

Et l'herbe poussa drue, verdoyante, vigoureuse, nourrie par le pauvre corps.

LA MAIN[1]

1. Ce conte a paru d'abord dans *Le Gaulois* du 23 décembre 1883, sous la signature de *Guy de Maupassant*.

On faisait cercle autour de M. Bermutier, juge d'instruction, qui donnait son avis sur l'affaire mystérieuse de Saint-Cloud. Depuis un mois, cet inexplicable crime affolait Paris. Personne n'y comprenait rien.

M. Bermutier, debout, le dos à la cheminée, parlait, assemblait les preuves, discutait les diverses opinions, mais ne concluait pas.

Plusieurs femmes s'étaient levées pour s'approcher et demeuraient debout, l'œil fixé sur la bouche rasée du magistrat d'où sortaient les paroles graves. Elles frissonnaient, vibraient, crispées par leur peur curieuse, par l'avide et insatiable besoin d'épouvante qui hante leur âme, les torture comme une faim.

Une d'elles, plus pâle que les autres, prononça pendant un silence :

— C'est affreux. Cela touche au surnaturel. On ne saura jamais rien.

Le magistrat se tourna vers elle :

— Oui, madame, il est probable qu'on ne saura jamais rien. Quant au mot « surnaturel » que vous venez d'employer, il n'a rien à faire ici. Nous sommes en présence d'un crime fort habilement conçu, fort habilement exécuté, si bien enveloppé de mystère que nous ne pouvons le dégager des circonstances impénétrables qui l'entourent. Mais j'ai eu, moi, autrefois, à suivre une affaire où vraiment semblait se mêler quelque chose de fantastique. Il a fallu l'abandonner d'ailleurs, faute de moyens de l'éclaircir.

Plusieurs femmes prononcèrent en même temps, si vite que leurs voix n'en firent qu'une :

— Oh! dites-nous cela.

M. Bermutier sourit gravement, comme doit sourire un juge d'instruction. Il reprit :

— N'allez pas croire, au moins, que j'aie pu, même un instant, supposer en cette aventure quelque chose de surhumain. Je ne crois qu'aux causes normales. Mais, si, au lieu d'employer le mot « surnaturel » pour exprimer ce que nous ne comprenons pas, nous nous servions simplement du mot « inexplicable », cela vaudrait beaucoup mieux. En tout cas, dans l'affaire que je vais vous dire, ce sont surtout les circonstances environnantes, les circonstances préparatoires qui m'ont ému. Enfin, voici les faits :

J'étais alors juge d'instruction à Ajaccio, une petite ville blanche, couchée au bord d'un admirable golfe qu'entourent partout de hautes montagnes.

Ce que j'avais surtout à poursuivre là-bas, c'étaient les affaires de vendetta. Il y en a de superbes, de dramatiques au possible, de féroces, d'héroïques. Nous retrouvons là les plus beaux sujets de vengeance qu'on puisse rêver, les haines séculaires, apaisées un moment, jamais éteintes, les ruses abominables, les assassinats devenant des massacres et presque des actions glorieuses. Depuis deux ans, je n'entendais parler que du prix du sang, que de ce terrible préjugé corse qui force à venger toute injure sur la personne qui l'a faite, sur ses descendants et ses proches. J'avais vu égorger des vieillards des enfants, des cousins, j'avais la tête pleine de ces histoires.

Or, j'appris un jour qu'un Anglais venait de louer pour plusieurs années une petite villa au fond du golfe. Il avait amené avec lui un domestique français, pris à Marseille en passant.

Bientôt tout le monde s'occupa de ce personnage singulier, qui vivait seul dans sa demeure, ne sortant que pour chasser et pour pêcher. Il ne parlait à personne, ne venait jamais à la ville, et, chaque matin, s'exerçait, pendant une heure ou deux, à tirer au pistolet et à la carabine.

Des légendes se firent autour de lui. On prétendit que c'était un haut personnage fuyant sa patrie pour des raisons politiques; puis on affirma qu'il se cachait après avoir commis un crime épouvantable. On citait même des circonstances particulièrement horribles.

Je voulus, en ma qualité de juge d'instruction, prendre quelques renseignements sur cet homme; mais il me fut impossible de rien apprendre. Il se faisait appeler sir John Rowell.

Je me contentai donc de le surveiller de près; mais on ne me signalait, en réalité, rien de suspect à son égard.

Cependant, comme les rumeurs sur son compte continuaient, grossissaient, devenaient générales, je résolus d'essayer de voir moi-même cet étranger, et je me mis à chasser régulièrement dans les environs de sa propriété.

J'attendis longtemps une occasion. Elle se présenta enfin sous la forme d'une perdrix que je tirai et que je tuai devant le nez de l'Anglais. Mon chien me la rapporta; mais, prenant aussitôt le gibier, j'allais m'excuser de mon inconvenance et prier sir John Rowell d'accepter l'oiseau mort.

C'était un grand homme à cheveux rouges, à barbe rouge, très haut, très large, une sorte d'hercule placide et poli. Il n'avait rien de la raideur dite britannique et il me remercia vivement de ma délicatesse en un français accentué d'outre-Manche. Au bout d'un mois, nous avions causé ensemble cinq ou six fois.

Un soir enfin, comme je passais devant sa porte, je l'aperçus qui fumait sa pipe, à cheval sur une chaise, dans son jardin. Je le saluai, et il m'invita à entrer pour boire un verre de bière. Je ne me le fis pas répéter.

Il me reçut avec toute la méticuleuse courtoisie anglaise, parla avec éloge de la France, de la Corse, déclara qu'il aimait beaucoup *cette* pays, et *cette* rivage.

Alors je lui posai, avec de grandes précautions et sous la forme d'un intérêt très vif, quelques questions sur sa vie, sur ses projets. Il répondit sans embarras, me raconta qu'il avait beaucoup voyagé, en Afrique, dans les Indes, en Amérique. Il ajouta en riant :

— J'avé eu bôcoup d'aventures, oh! yes.

Puis je me remis à parler chasse, et il me donna des détails les plus curieux sur la chasse à l'hippopotame, au tigre, à l'éléphant et même la chasse au gorille.

Je dis :

— Tous ces animaux sont redoutables.

Il sourit :

— Oh! nô, le plus mauvais c'été l'homme.

Il se mit à rire tout à fait, d'un bon rire de gros Anglais content :

— J'avé beaucoup chassé l'homme aussi.

Puis il parla d'armes, et il m'offrit d'entrer chez lui pour me montrer des fusils de divers systèmes.

Son salon était tendu de noir, de soie noire brodée d'or. De grandes fleurs jaunes couraient sur l'étoffe sombre, brillaient comme du feu.

Il annonça :

— C'été une drap japonaise.

Mais, au milieu du plus large panneau, une chose étrange me tira l'œil. Sur un carré de velours rouge, un objet noir se détachait. Je m'approchai : c'était une main, une main d'homme. Non pas une main de squelette, blanche et propre, mais une main noire desséchée, avec les ongles jaunes, les muscles à nu et des traces de sang ancien, de sang pareil à une crasse, sur les os coupés net, comme d'un coup de hache, vers le milieu de l'avant-bras.

Autour du poignet une énorme chaîne de fer, rivée, soudée à ce membre malpropre, l'attachait au mur par un anneau assez fort pour tenir un éléphant en laisse.

Je demandai :

— Qu'est-ce que cela ?

L'Anglais répondit tranquillement :

— C'été ma meilleur ennemi. Il vené d'Amérique. Il avé été fendu avec le sabre et arraché la peau avec une caillou coupante, et séché dans le soleil pendant huit jours. Aoh, très bonne pour moi, cette.

Je touchai ce débris humain qui avait dû appartenir à un colosse. Les doigts, démesurément longs, étaient attachés par des tendons énormes que retenaient des lanières de peau par places. Cette main était affreuse à voir, écorchée ainsi, elle faisait penser naturellement à quelque vengeance de sauvage.

Je dis :

— Cet homme devait être très fort.

L'Anglais prononça avec douceur :

— Aoh yes; mais je été plus fort que lui. J'avé mis cette chaîne pour le tenir.

Je crus qu'il plaisantait. Je dis :

— Cette chaîne maintenant est bien inutile, la main ne se sauvera pas.

Sir John Rowell reprit gravement :

— Elle voulé toujours s'en aller. Cette chaîne été nécessaire.

D'un coup d'œil rapide j'interrogeai son visage, me demandant :

— Est-ce un fou, ou un mauvais plaisant ?

Mais la figure demeurait impénétrable, tranquille et bienveillante. Je parlai d'autre chose et j'admirai les fusils.

Je remarquai cependant que trois revolvers chargés étaient posés sur les meubles, comme si cet homme eût vécu dans la crainte constante d'une attaque.

Je revins plusieurs fois chez lui. Puis je n'y allai plus. On s'était accoutumé à sa présence; il était devenu indifférent à tous.

***

Une année entière s'écoula. Or un matin, vers la fin de novembre, mon domestique me réveilla en m'annonçant que sir John Rowell avait été assassiné dans la nuit.

Une demi-heure plus tard, je pénétrais dans la maison de l'Anglais avec le commissaire central et le capitaine de gendarmerie. Le valet, éperdu et désespéré, pleurait devant la porte. Je soupçonnai d'abord cet homme, mais il était innocent.

On ne put jamais trouver le coupable.

En entrant dans le salon de sir John, j'aperçus du

premier coup d'œil le cadavre étendu sur le dos, au milieu de la pièce.

Le gilet était déchiré, une manche arrachée pendait, tout annonçait qu'une lutte terrible avait eu lieu.

L'Anglais était mort étranglé! Sa figure noire et gonflée, effrayante, semblait exprimer une épouvante abominable; il tenait entre ses dents serrées quelque chose; et le cou, percé de cinq trous qu'on aurait dits faits avec des pointes de fer, était couvert de sang.

Un médecin nous rejoignit. Il examina longtemps les traces des doigts dans la chair et prononça ces étranges paroles :

— On dirait qu'il a été étranglé par un squelette.

Un frisson me passa dans le dos, et je jetai les yeux sur le mur, à la place où j'avais vu jadis l'horrible main d'écorché. Elle n'y était plus. La chaîne, brisée, pendait.

Alors je me baissai vers le mort, et je trouvai dans sa bouche crispée un des doigts de cette main disparue, coupé ou plutôt scié par les dents juste à la deuxième phalange.

Puis on procéda aux constatations. On ne découvrit rien. Aucune porte n'avait été forcée, aucune fenêtre, aucun meuble. Les deux chiens de garde ne s'étaient pas réveillés.

Voici, en quelques mots, la déposition du domestique :

Depuis un mois, son maître semblait agité. Il avait reçu beaucoup de lettres, brûlées à mesure.

Souvent, prenant une cravache, dans une colère qui semblait de la démence, il avait frappé avec fureur cette main séchée, scellée au mur et enlevée, on ne sait comment, à l'heure même du crime.

Il se couchait fort tard et s'enfermait avec soin. Il avait toujours des armes à portée du bras. Souvent, la nuit, il parlait haut, comme s'il se fût querellé avec quelqu'un.

Cette nuit-là, par hasard, il n'avait fait aucun bruit, et c'est seulement en venant ouvrir les fenêtres que le serviteur avait trouvé sir John assassiné. Il ne soupçonnait personne.

Je communiquai ce que je savais du mort aux magistrats et aux officiers de la force publique, et on fit dans toute l'île une enquête minutieuse. On ne découvrit rien.

Or, une nuit, trois mois après le crime, j'eus un affreux cauchemar. Il me sembla que je voyais la main, l'horrible main, courir comme un scorpion ou comme une araignée le long de mes rideaux et de mes murs. Trois fois, je me réveillai, trois fois je me rendormis, trois fois je revis le hideux débris galoper autour de ma chambre en remuant les doigts comme des pattes.

Le lendemain, on me l'apporta, trouvé dans le cimetière, sur la tombe de sir John Rowell, enterré là; car on n'avait pu découvrir sa famille. L'index manquait.

Voilà, mesdames, mon histoire. Je ne sais rien de plus.

*
* *

Les femmes, éperdues, étaient pâles, frissonnantes. Une d'elles s'écria :

— Mais ce n'est pas un dénouement cela, ni une explication! Nous n'allons pas dormir si vous ne nous dites pas ce qui s'était passé selon vous.

Le magistrat sourit avec sévérité :

— Oh! moi, mesdames, je vais gâter, certes, vos rêves terribles. Je pense tout simplement que le légitime propriétaire de la main n'était pas mort, qu'il est venu la chercher avec celle qui lui restait. Mais je n'ai pu savoir comment il a fait, par exemple. C'est là une sorte de vendetta.

Une des femmes murmura :

— Non, ça ne doit pas être ainsi.

Et le juge d'instruction, souriant toujours, conclut :

— Je vous avais bien dit que mon explication ne vous irait pas.

LE GUEUX [1]

1. Ce conte a paru d'abord dans *Le Gaulois* du 9 mars 1884, sous la signature de *Guy de Maupassant*.

Il avait connu des jours meilleurs, malgré sa misère et son infirmité.

A l'âge de quinze ans, il avait eu les deux jambes écrasées par une voiture sur la grand'route de Varville. Depuis ce temps-là, il mendiait en se traînant le long des chemins, à travers les cours des fermes, balancé sur ses béquilles qui lui avaient fait remonter les épaules à la hauteur des oreilles. Sa tête semblait enfoncée entre deux montagnes.

Enfant trouvé dans un fossé par le curé des Billettes, la veille du jour des Morts, et baptisé pour cette raison Nicolas Toussaint, élevé par charité, demeuré étranger à toute instruction, estropié après avoir bu quelques verres d'eau-de-vie offerts par le boulanger du village, histoire de rire, et, depuis lors vagabond, il ne savait rien faire autre chose que tendre la main.

Autrefois la baronne d'Avary lui abandonnait pour dormir une espèce de niche pleine de paille, à côté du poulailler, dans la ferme attenant au château : et il était sûr, aux jours de grande famine, de trouver toujours un morceau de pain et un verre de cidre à la cuisine. Souvent il recevait encore là quelques sols jetés par la vieille dame du haut de son perron ou des fenêtres de sa chambre. Maintenant elle était morte.

Dans les villages, on ne lui donnait guère : on le connaissait trop; on était fatigué de lui depuis quarante ans qu'on le voyait promener de masure en masure son corps loqueteux et difforme sur ses deux pattes de bois. Il ne voulait point s'en aller cependant, parce qu'il ne connaissait pas autre chose sur la terre que ce coin de pays, ces trois ou quatre hameaux où il avait traîné sa vie misérable. Il avait mis des frontières à sa mendicité et il n'aurait jamais passé les limites qu'il était accoutumé de ne point franchir.

Il ignorait si le monde s'étendait encore loin derrière les arbres qui avaient borné sa vue. Il ne se le demandait pas. Et quand les paysans, las de le rencontrer toujours au bord de leurs champs ou le long de leurs fossés, lui criaient :

— Pourquoi qu' tu n' vas point dans l's autes villages, au lieu d' béquiller toujours par ci ?

Il ne répondait pas et s'éloignait, saisi d'une peur vague de l'inconnu, d'une peur de pauvre qui redoute confusément mille choses, les visages nouveaux, les injures, les regards soupçonneux des gens qui ne le connaissaient pas, et les gendarmes qui vont deux par deux sur les routes et qui le faisaient plonger, par instinct, dans les buissons ou derrière les tas de cailloux.

Quand il les apercevait au loin, reluisants sous le soleil, il trouvait soudain une agilité singulière, une agilité de monstre pour gagner quelque cachette. Il dégringolait de ses béquilles, se laissait tomber à la façon d'une loque, et il se roulait en boule, devenait tout petit, invisible, rasé comme un lièvre au gîte, confondant ses haillons bruns avec la terre.

Il n'avait pourtant jamais eu d'affaires avec eux. Mais il portait cela dans le sang, comme s'il eût reçu cette crainte et cette ruse de ses parents, qu'il n'avait point connus.

Il n'avait pas de refuge, pas de toit, pas de hutte, pas d'abri. Il dormait partout, en été, et l'hiver il se glissait sous les granges ou dans les étables avec une adresse remarquable. Il déguerpissait toujours avant qu'on se fût aperçu de sa présence. Il connaissait les trous pour pénétrer dans les bâtiments; et le maniement des béquilles ayant rendu ses bras d'une vigueur surprenante, il grimpait à la seule force des poignets jusque dans les greniers à fourrages où il demeurait parfois quatre ou cinq jours sans bouger, quand il avait recueilli dans sa tournée des provisions suffisantes.

Il vivait comme les bêtes des bois, au milieu des hommes, sans connaître personne, sans aimer personne, n'excitant chez les paysans qu'une sorte de mépris indifférent et d'hostilité résignée. On l'avait surnommé « Cloche », parce qu'il se balançait, entre ses deux piquets de bois, ainsi qu'une cloche entre ses portants.

Depuis deux jours, il n'avait point mangé. Personne ne lui donnait plus rien. On ne voulait plus de lui à la fin. Les paysannes, sur leurs portes, lui criaient de loin en le voyant venir :

— Veux-tu bien t'en aller, manant! V'là pas trois jours que j'tai donné un morciau d'pain!

Et il pivotait sur ses tuteurs et s'en allait à la maison voisine, où on le recevait de la même façon.

Les femmes déclaraient, d'une porte à l'autre :

— On n'peut pourtant pas nourrir ce fainéant toute l'année.

Cependant le fainéant avait besoin de manger tous les jours.

Il avait parcouru Saint-Hilaire, Varville et les Billettes, sans récolter un centime ou une vieille croûte. Il ne lui restait d'espoir qu'à Tournolles; mais il lui fallait faire deux lieues sur la grand'route, et il se sentait las à ne plus se traîner, ayant le ventre aussi vide que sa poche.

Il se mit en marche pourtant.

C'était en décembre, un vent froid courait sur les champs, sifflait dans les branches nues; et les nuages galopaient à travers le ciel bas et sombre, se hâtant on ne sait où. L'estropié allait lentement, déplaçant ses supports l'un après l'autre d'un effort pénible, en se calant sur la jambe tordue qui lui restait, terminée par un pied bot et chaussé d'une loque.

De temps en temps, il s'asseyait sur le fossé et se reposait quelques minutes. La faim jetait une détresse dans son âme confuse et lourde. Il n'avait qu'une idée : « manger », mais il ne savait par quel moyen.

Pendant trois heures, il peina sur le long chemin; puis quand il aperçut les arbres du village, il hâta ses mouvements.

Le premier paysan qu'il rencontra, et auquel il demanda l'aumône, lui répondit :

— Te r'voilà encore, vieille pratique! Je s'rons donc jamais débarrassé de té?

Et Cloche s'éloigna. De porte en porte on le rudoya, on le renvoya sans lui rien donner. Il continuait cependant sa tournée, patient et obstiné. Il ne recueillit pas un sou.

Alors il visita les fermes, déambulant à travers les terres molles de pluie, tellement exténué qu'il ne pouvait plus lever ses bâtons. On le chassa de partout. C'était un de ces jours froids et tristes où les cœurs se serrent, où les esprits s'irritent, où l'âme est sombre, où la main ne s'ouvre ni pour donner ni pour secourir.

Quand il eut fini la visite de toutes les maisons qu'il connaissait, il alla s'abattre au coin d'un fossé, le long de la cour de maître Chiquet. Il se décrocha, comme on disait pour exprimer comment il se laissait tomber entre ses hautes béquilles en les faisant glisser sous ses bras. Et il resta longtemps immobile, torturé par la faim, mais trop brute pour bien pénétrer son insondable misère.

Il attendait on ne sait quoi, de cette vague attente qui demeure constamment en nous. Il attendait au coin de cette cour, sous le vent glacé, l'aide mystérieuse qu'on espère toujours du ciel ou des hommes, sans se demander comment, ni pourquoi, ni par qui elle lui pourrait arriver. Une bande de poules noires passait, cherchant sa vie dans la terre qui nourrit tous les êtres. A tout instant, elles piquaient d'un coup de bec un grain ou un insecte invisible, puis continuaient leur recherche lente et sûre.

Cloche les regardait sans penser à rien; puis il lui vint, plutôt au ventre que dans la tête, la sensation plutôt que l'idée qu'une de ces bêtes-là serait bonne à manger grillée sur un feu de bois mort.

Le soupçon qu'il allait commettre un vol ne l'effleura pas. Il prit une pierre à portée de sa main, et, comme il était adroit, il tua net en la lançant la volaille la plus proche de lui. L'animal tomba sur le côté en remuant les ailes. Les autres s'enfuirent, balancés sur leurs pattes minces, et Cloche, escaladant de nouveau ses béquilles, se mit en marche pour aller ramasser sa chasse, avec des mouvements pareils à ceux des poules.

Comme il arrivait auprès du petit corps noir taché de rouge à la tête, il reçut une poussée terrible dans le dos qui lui fit lâcher ses bâtons et l'envoya rouler à dix pas devant lui. Et maître Chiquet, exaspéré, se précipitant sur le maraudeur, le roua de coups, tapant comme un forcené, comme tape un paysan volé, avec le poing et avec le genou par tout le corps de l'infirme, qui ne pouvait se défendre.

Les gens de la ferme arrivaient à leur tour qui se mirent avec le patron à assommer le mendiant. Puis, quand ils furent las de le battre, ils le ramassèrent et l'emportèrent et l'enfermèrent dans le bûcher pendant qu'on allait chercher les gendarmes.

Cloche, à moitié mort, saignant et crevant de faim, demeura couché sur le sol. Le soir vint, puis la nuit, puis l'aurore. Il n'avait toujours pas mangé.

Vers midi, les gendarmes parurent et ouvrirent la porte avec précaution, s'attendant à une résistance, car maître Chiquet prétendait avoir été attaqué par le gueux et ne s'être défendu qu'à grand'peine.

Le brigadier cria :

— Allons, debout!

Mais Cloche ne pouvait plus remuer; il essaya bien de se hisser sur ses pieux, il n'y parvint point. On crut à une feinte, à une ruse, à un mauvais vouloir de malfaiteur, et les deux hommes armés, le rudoyant, l'empoignèrent et le plantèrent de force sur ses béquilles.

La peur l'avait saisi, cette peur native des baudriers jaunes, cette peur du gibier devant le chasseur, de la souris devant le chat. Et, par des efforts surhumains, il réussit à rester debout.

— En route! dit le brigadier. Il marcha. Tout le personnel de la ferme le regardait partir. Les femmes lui montraient le poing; les hommes ricanaient, l'injuriaient : on l'avait pris enfin! Bon débarras.

Il s'éloigna entre ses deux gardiens. Il trouva l'énergie désespérée qu'il lui fallait pour se traîner encore jusqu'au soir, abruti, ne sachant seulement plus ce qui lui arrivait, trop effaré pour rien comprendre.

Les gens qu'on rencontrait s'arrêtaient pour le voir passer, et les paysans murmuraient :

— C'est quéque voleux!

On parvint, vers la nuit, au chef-lieu du canton. Il n'était jamais venu jusque-là. Il ne se figurait pas vraiment ce qui se passait, ni ce qui pouvait survenir. Toutes ces choses terribles, imprévues, ces figures et ces maisons nouvelles le consternaient.

Il ne prononça pas un mot, n'ayant rien à dire, car il ne comprenait plus rien. Depuis tant d'années d'ailleurs qu'il ne parlait à personne, il avait à peu près perdu l'usage de sa langue; et sa pensée aussi était trop confuse pour se formuler par des paroles.

On l'enferma dans la prison du bourg. Les gendarmes ne pensèrent pas qu'il pouvait avoir besoin de manger, et on le laissa jusqu'au lendemain.

Mais, quand on vint pour l'interroger, au petit matin, on le trouva mort, sur le sol. Quelle surprise!

UN PARRICIDE [1]

1. Cette nouvelle, publiée d'abord dans *Le Gaulois* du 25 septembre 1882, et signée *Guy de Maupassant*, parut une seconde fois dans *Le Gil Blas* du 19 août 1884, dans une version identique, mais sous le titre *L'Assassin* et le pseudonyme de *Maufrigneuse*.

UN PARRICIDE

[illegible] publiée d'abord dans *Le Gaulois* du 25 septembre 1882 [illegible] *Gil Blas* du 13 août 1884, [illegible] sous le titre *L'Assassin* et le pseudonyme de *Maufrigneuse*.

L'avocat avait plaidé la folie. Comment expliquer autrement ce crime étrange ?

On avait retrouvé un matin, dans les roseaux, près de Chatou, deux cadavres enlacés, la femme et l'homme, deux mondains connus, riches, plus tout jeunes, et mariés seulement de l'année précédente, la femme n'étant veuve que depuis trois ans.

On ne leur connaissait point d'ennemis, ils n'avaient pas été volés. Il semblait qu'on les eût jetés de la berge dans la rivière, après les avoir frappés, l'un après l'autre, avec une longue pointe de fer.

L'enquête ne faisait rien découvrir. Les mariniers interrogés ne savaient rien; on allait abandonner l'affaire, quand un jeune menuisier d'un village voisin, nommé Georges Louis, dit Le Bourgeois, vint se constituer prisonnier.

A toutes les interrogations, il ne répondit que ceci :

— Je connaissais l'homme depuis deux ans, la femme depuis six mois. Ils venaient souvent me faire réparer des meubles anciens, parce que je suis habile dans le métier.

Et quand on lui demandait :

— Pourquoi les avez-vous tués ?

Il répondait obstinément :

— Je les ai tués parce que j'ai voulu les tuer.

On n'en put tirer autre chose.

Cet homme était un enfant naturel sans doute, mis autrefois en nourrice dans le pays, puis abandonné. Il n'avait pas d'autre nom que Georges Louis, mais comme, en grandissant, il devint singulièrement intelligent, avec des goûts et des délicatesses natives que n'avaient point ses camarades, on le surnomma : « Le Bourgeois », et on ne l'appelait plus autrement. Il passait pour remarquablement adroit dans le métier de menuisier qu'il avait adopté. Il faisait même un peu de sculpture sur bois. On le disait aussi fort exalté, partisan des doctrines communistes et même nihilistes, grand liseur de romans d'aventures, de romans à drames sanglants, électeur influent et orateur habile dans les réunions publiques d'ouvriers ou de paysans.

***

L'avocat avait plaidé la folie.

Comment pouvait-on admettre, en effet, que cet ouvrier eût tué ses meilleurs clients, des clients riches et généreux (il le reconnaissait), qui lui avaient fait faire, depuis deux ans, pour trois mille francs de travail (ses livres en faisaient foi) ? Une seule explication se présentait : la folie, l'idée fixe du déclassé qui se venge sur deux bourgeois de tous les bourgeois; et l'avocat fit une allusion habile à ce surnom de « Le Bourgeois », donné par le pays à cet abandonné; il s'écriait :

— N'est-ce pas une ironie, et une ironie capable d'exalter encore ce malheureux garçon qui n'a ni père ni mère ? C'est un ardent républicain. Que dis-je ? il appartient même à ce parti politique que la République fusillait et déportait naguère, qu'elle accueille aujourd'hui à bras ouverts, à ce parti pour qui l'incendie est un principe et le meurtre un moyen tout simple.

Ces tristes doctrines, acclamées maintenant dans les réunions publiques, ont perdu cet homme. Il a entendu des républicains, des femmes même, oui, des femmes! demander le sang de M. Gambetta [1], le sang

1. Il n'est pas sans intérêt de signaler ici une variante dans la version parue dans *Le Gil Blas :* on y lit *M. Ferry* à la place de *M. Gambetta.* C'est qu'entre la publication du *Gaulois* et celle du *Gil Blas*, Gambetta était mort, et les lecteurs d'un quotidien de 1884 eussent été surpris de lire qu'un anarchiste réclamait le sang de M. Gambetta. Quand la nouvelle prit sa place dans le recueil des *Contes*, ce scrupule de circonstance n'était plus de mise, et Maupassant opta finalement pour la version primitive.

de M. Grévy; son esprit malade a chaviré; il a voulu du sang, du sang de bourgeois!

Ce n'est pas lui qu'il faut condamner, messieurs, c'est la Commune!

Des murmures d'approbation coururent. On sentait bien que la cause était gagnée pour l'avocat. Le ministère public ne répliqua pas.

Alors le président posa au prévenu la question d'usage :

— Accusé, n'avez-vous rien à ajouter pour votre défense ?

L'homme se leva.

Il était de petite taille, d'un blond de lin, avec des yeux gris, fixes et clairs. Une voix forte, franche et sonore sortait de ce frêle garçon et changeait brusquement, aux premiers mots, l'opinion qu'on s'était faite de lui.

Il parla hautement, d'un ton déclamatoire, mais si net que ses moindres paroles se faisaient entendre jusqu'au fond de la grande salle :

— Mon président, comme je ne veux pas aller dans une maison de fous, et que je préfère même la guillotine, je vais tout vous dire.

J'ai tué cet homme et cette femme parce qu'ils étaient mes parents.

Maintenant, écoutez-moi et jugez-moi.

Une femme, ayant accouché d'un fils, l'envoya quelque part en nourrice. Sut-elle seulement en quel pays son complice porta le petit être innocent, mais condamné à la misère éternelle, à la honte d'une naissance illégitime, plus que cela : à la mort, puisqu'on l'abandonna, puisque la nourrice, ne recevant plus la pension mensuelle, pouvait, comme elles font souvent, le laisser dépérir, souffrir de faim, mourir de délaissement ?

La femme qui m'allaita fut honnête, plus honnête, plus femme, plus grande, plus mère que ma mère. Elle m'éleva. Elle eut tort en faisant son devoir. Il vaut mieux laisser périr ces misérables jetés aux villages des banlieues, comme on jette une ordure aux bornes.

Je grandis avec l'impression vague que je portais un

déshonneur. Les autres enfants m'appelèrent un jour « bâtard ». Ils ne savaient pas ce que signifiait ce mot, entendu par l'un d'eux chez ses parents. Je l'ignorais aussi, mais je le sentis.

J'étais, je puis le dire, un des plus intelligents de l'école. J'aurais été un honnête homme, mon président, peut-être un homme supérieur, si mes parents n'avaient pas commis le crime de m'abandonner.

Ce crime, c'est contre moi qu'ils l'ont commis. Je fus la victime, eux furent les coupables. J'étais sans défense, ils furent sans pitié. Ils devaient m'aimer : ils m'ont rejeté.

Moi, je leur devais la vie — mais la vie est-elle un présent ? La mienne, en tout cas, n'était qu'un malheur. Après leur honteux abandon, je ne leur devais plus que la vengeance. Ils ont accompli contre moi l'acte le plus inhumain, le plus infâme, le plus monstrueux qu'on puisse accomplir contre un être.

Un homme injurié frappe; un homme volé reprend son bien par la force. Un homme trompé, joué, martyrisé, tue; un homme souffleté tue; un homme déshonoré tue. J'ai été plus volé, trompé, martyrisé, souffleté moralement, déshonoré, que tous ceux dont vous absolvez la colère.

Je me suis vengé, j'ai tué. C'était mon droit légitime. J'ai pris leur vie heureuse en échange de la vie horrible qu'ils m'avaient imposée.

Vous allez parler de parricide! Étaient-ils mes parents, ces gens pour qui je fus un fardeau abominable, une terreur, une tache d'infamie; pour qui ma naissance fut une calamité, et ma vie une menace de honte ? Ils cherchaient un plaisir égoïste; ils ont eu un enfant imprévu. Ils ont supprimé l'enfant. Mon tour est venu d'en faire autant pour eux.

Et pourtant, dernièrement encore, j'étais prêt à les aimer.

Voici deux ans, je vous l'ai dit, que l'homme, mon père, entra chez moi pour la première fois. Je ne soupçonnais rien. Il me commanda deux meubles. Il avait pris, je le sus plus tard, des renseignements auprès du curé, sous le sceau du secret, bien entendu.

Il revint souvent; il me faisait travailler et payait bien. Parfois même il causait un peu de choses et d'autres. Je me sentais de l'affection pour lui.

Au commencement de cette année il amena sa femme, ma mère, Quand elle entra, elle tremblait si fort que je la crus atteinte d'une maladie nerveuse. Puis elle demanda un siège et un verre d'eau. Elle ne dit rien; elle regarda mes meubles d'un air fou, et elle ne répondait que oui et non, à tort et à travers, à toutes les questions qu'il lui posait! Quand elle fut partie, je la crus un peu toquée.

Elle revint le mois suivant. Elle était calme, maîtresse d'elle. Ils restèrent, ce jour-là, assez longtemps à bavarder, et ils me firent une grosse commande. Je la revis encore trois fois, sans rien deviner; mais un jour voilà qu'elle se mit à me parler de ma vie, de mon enfance, de mes parents. Je répondis : « Mes parents, Madame, étaient des misérables qui m'ont abandonné. » Alors elle porta la main sur son cœur, et tomba sans connaissance. Je pensai tout de suite : « C'est ma mère! » mais je me gardai bien de laisser rien voir. Je voulais la regarder venir.

Par exemple, je pris de mon côté mes renseignements. J'appris qu'ils n'étaient mariés que du mois de juillet précédent, ma mère n'étant devenue veuve que depuis trois ans. On avait bien chuchoté qu'ils s'étaient aimés du vivant du premier mari, mais on n'en avait aucune preuve. C'était moi la preuve, la preuve qu'on avait cachée d'abord, espéré détruire ensuite.

J'attendis. Elle reparut un soir, toujours accompagnée de mon père. Ce jour-là, elle semblait fort émue, je ne sais pourquoi. Puis, au moment de s'en aller, elle me dit : « Je vous veux du bien, parce que vous m'avez l'air d'un honnête garçon et d'un travailleur; vous penserez sans doute à vous marier quelque jour; je viens vous aider à choisir librement la femme qui vous conviendra. Moi, j'ai été mariée contre mon cœur une fois, et je sais comme on souffre. Maintenant, je suis riche, sans enfants, libre, maîtresse de ma fortune. Voici votre dot. »

Elle me tendit une grande enveloppe cachetée.

Je la regardai fixement, puis je lui dis : « Vous êtes ma mère ? »

Elle recula de trois pas et se cacha les yeux de la main pour ne plus me voir. Lui, l'homme, mon père, la soutint dans ses bras et il me cria : « Mais vous êtes fou ! »

Je répondis : « Pas du tout. Je sais bien que vous êtes mes parents. On ne me trompe pas ainsi. Avouez-le et je vous garderai le secret ; je ne vous en voudrai pas ; je resterai ce que je suis, un menuisier. »

Il reculait vers la sortie en soutenant toujours sa femme qui commençait à sangloter. Je courus fermer la porte, je mis la clef dans ma poche, et je repris : « Regardez-la donc et niez encore qu'elle soit ma mère. »

Alors il s'emporta, devenu très pâle, épouvanté par la pensée que le scandale évité jusqu'ici pouvait éclater soudain ; que leur situation, leur renom, leur honneur seraient perdus d'un seul coup ; il balbutiait : « Vous êtes une canaille qui voulez nous tirer de l'argent. Faites-donc du bien au peuple, à ces manants-là, aidez-les, secourez-les ! »

Ma mère, éperdue, répétait coup sur coup : « Allons-nous-en, allons-nous-en ! »

Alors, comme la porte était fermée, il cria : « Si vous ne m'ouvrez pas tout de suite, je vous fais flanquer en prison pour chantage et violence ! »

J'étais resté maître de moi ; j'ouvris la porte et je les vis s'enfoncer dans l'ombre.

Alors il me sembla tout à coup que je venais d'être fait orphelin, d'être abandonné, poussé au ruisseau. Une tristesse épouvantable, mêlée de colère, de haine, de dégoût, m'envahit ; j'avais comme un soulèvement de tout mon être, un soulèvement de la justice, de la droiture, de l'honneur, de l'affection rejetée. Je me mis à courir pour les rejoindre le long de la Seine qu'il leur fallait suivre pour gagner la gare de Chatou.

Je les rattrapai bientôt. La nuit était venue toute noire. J'allais à pas de loup sur l'herbe, de sorte qu'ils ne m'entendirent pas. Ma mère pleurait toujours. Mon père disait : « C'est votre faute. Pourquoi avez-vous tenu à le voir ? C'était une folie dans notre position. On aurait pu lui faire du bien de loin, sans se montrer. Puisque nous ne pouvons le reconnaître, à quoi servaient ces visites dangereuses ? »

Alors, je m'élançai devant eux, suppliant. Je balbutiai : « Vous voyez bien que vous êtes mes parents. Vous m'avez déjà rejeté une fois, me repousserez-vous encore ? »

Alors, mon président, il leva la main sur moi, je vous le jure sur l'honneur, sur la loi, sur la République. Il me frappa, et comme je le saisissais au collet, il tira de sa poche un revolver.

J'ai vu rouge, je ne sais plus, j'avais mon compas dans ma poche; je l'ai frappé, frappé tant que j'ai pu.

Alors elle s'est mise à crier : « Au secours! à l'assassin! » en m'arrachant la barbe. Il paraît que je l'ai tuée aussi. Est-ce que je sais, moi, ce que j'ai fait à ce moment-là ?

Puis, quand je les ai vus tous les deux par terre, je les ai jetés à la Seine, sans réfléchir.

Voilà. — Maintenant, jugez-moi.

L'accusé se rassit. Devant cette révélation, l'affaire a été reportée à la session suivante. Elle passera bientôt. Si nous étions jurés, que ferions-nous de ce parricide ?

LE PETIT[1]

1. Ce conte a paru d'abord dans *Le Gaulois* du 19 août 1883, sous la signature de *Guy de Maupassant*.

Lemonnier était demeuré veuf avec un enfant. Il avait aimé follement sa femme, d'un amour exalté et tendre, sans une défaillance, pendant toute leur vie commune. C'était un bon homme, un brave homme, simple, tout simple, sincère, sans défiance et sans malice.

Étant devenu amoureux d'une voisine qui était pauvre, il la demanda en mariage et l'épousa. Il faisait un commerce de draperie assez prospère, gagnait pas mal d'argent et ne douta pas une seconde qu'il n'eût été accepté pour lui-même par la jeune fille.

Elle le rendit heureux d'ailleurs. Il ne voyait qu'elle au monde, ne pensait qu'à elle, la regardait sans cesse avec des yeux d'adorateur prosterné. Pendant les repas il commettait mille maladresses pour ne point détourner son regard du visage chéri, versait le vin dans son assiette et l'eau dans la salière, puis se mettait à rire comme un enfant, en répétant :

— Je t'aime trop, vois-tu; cela me fait faire un tas de bêtises.

Elle souriait, d'un air calme et résigné; puis détournait les yeux, comme gênée par l'adoration de son mari, et elle tâchait de le faire parler, de causer de n'importe quoi; mais il lui prenait la main à travers la table, et la gardait dans la sienne en murmurant :

— Ma petite Jeanne, ma chère petite Jeanne!

Elle finissait par s'impatienter et par dire :

— Allons, voyons, sois raisonnable; mange, et laisse-moi manger.

Il poussait un soupir et cassait une bouchée de pain, qu'il mâchait ensuite avec lenteur.

Pendant cinq ans, ils n'eurent pas d'enfants. Puis tout à coup elle devint enceinte. Ce fut un bonheur délirant. Il ne la quitta point de tout le temps de sa grossesse; si bien que sa bonne, une vieille bonne qui l'avait élevé et qui parlait haut dans la maison, le mettait parfois dehors et fermait la porte pour le forcer à prendre l'air.

Il s'était lié d'une intime amitié avec un jeune homme qui avait connu sa femme dès son enfance et qui était sous-chef de bureau à la Préfecture. M. Duretour dînait trois fois par semaine chez M. Lemonnier, apportait des fleurs à madame, et parfois une loge de théâtre; et, souvent, au dessert, ce bon Lemonnier attendri s'écriait, en se tournant vers sa femme :

— Avec une compagne comme toi et un ami comme lui, on est parfaitement heureux sur la terre.

Elle mourut en couches. Il en faillit mourir aussi. Mais la vue de l'enfant lui donna du courage : un petit être crispé qui geignait.

Il l'aima d'un amour passionné et douloureux, d'un amour malade où restait le souvenir de la mort, mais où survivait quelque chose de son adoration pour la morte. C'était la chair de sa femme, son être continué, comme une quintessence d'elle. Il était, cet enfant, sa vie même tombée en un autre corps; elle était disparue pour qu'il existât. — Et le père l'embrassait avec fureur. — Mais aussi il l'avait tuée, cet enfant, il avait pris, volé cette existence adorée, il s'en était nourri, il avait bu sa part de vie. — Et M. Lemonnier reposait son fils dans le berceau, et s'asseyait auprès de lui pour le contempler. Il restait là des heures et des heures, le regardant, songeant à mille choses tristes ou douces. Puis, comme le petit dormait, il se penchait sur son visage et pleurait dans ses dentelles.

*
* *

L'enfant grandit. Le père ne pouvait plus se passer une heure de sa présence; il rôdait autour de lui, le promenait, l'habillait lui-même, le nettoyait, le faisait manger. Son ami, M. Duretour, semblait aussi chérir ce gamin, et il l'embrassait par grands élans, avec ces frénésies de tendresse qu'ont les parents. Il le faisait sauter dans ses bras, le faisait danser pendant des heures à cheval sur une jambe, et soudain, le renversant sur ses genoux, relevait sa courte jupe et baisait ses cuisses grasses de moutard et ses petits mollets ronds. M. Lemonnier, ravi, murmurait :

— Est-il mignon, est-il mignon!

Et M. Duretour serrait l'enfant dans ses bras en lui chatouillant le cou de sa moustache.

Seule, Céleste, la vieille bonne, ne semblait avoir aucune tendresse pour le petit. Elle se fâchait de ses espiègleries, et semblait exaspérée par les câlineries des deux hommes. Elle s'écriait :

— Peut-on élever un enfant comme ça! Vous en ferez un joli singe.

Des années encore passèrent, et Jean prit neuf ans. Il savait à peine lire, tant on l'avait gâté, et n'en faisait jamais qu'à sa tête. Il avait des volontés tenaces, des résistances opiniâtres, des colères furieuses. Le père cédait toujours, accordait tout. M. Duretour achetait et apportait sans cesse les joujoux convoités par le petit, et il le nourrissait de gâteaux et de bonbons.

Céleste alors s'emportait, criait :

— C'est une honte, monsieur, une honte. Vous faites le malheur de cet enfant, son malheur, entendez-vous. Mais il faudra bien que cela finisse; oui, oui, ça finira, je vous le dis, je vous le promets, et pas avant longtemps encore.

M. Lemonnier répondait en souriant :

— Que veux-tu, ma fille? je l'aime trop, je ne sais pas lui résister; il faudra bien que tu en prennes ton parti.

* * *

Jean était faible, un peu malade. Le médecin constata de l'anémie, ordonna du fer, de la viande rouge et de la soupe grasse.

Or, le petit n'aimait que les gâteaux et refusait toute autre nourriture; et le père, désespéré, le bourrait de tartes à la crème et d'éclairs au chocolat.

Un soir, comme ils se mettaient à table en tête à tête, Céleste apporta la soupière avec une assurance et un air d'autorité qu'elle n'avait point d'ordinaire. Elle la découvrit brusquement, plongea la louche au milieu et déclara :

— Voilà du bouillon comme je ne vous en ai pas encore fait; il faudra bien que le petit en mange cette fois.

M. Lemonnier, épouvanté, baissa la tête. Il vit que cela tournait mal.

Céleste prit son assiette, l'emplit elle-même, la reposa devant lui.

Il goûta aussitôt le potage et prononça :

— En effet, il est excellent.

Alors la bonne s'empara de l'assiette du petit et y versa une pleine cuillerée de soupe. Puis elle recula de deux pas et attendit.

Jean flaira, repoussa l'assiette et fit un « pouah » de dégoût. Céleste, devenue pâle, s'approcha brusquement et, saisissant la cuiller, l'enfonça de force, toute pleine, dans la bouche entr'ouverte de l'enfant.

Il s'étrangla, toussa, éternua, cracha, et, hurlant, empoigna à pleine main son verre qu'il lança contre la bonne. Elle le reçut en plein ventre. Alors, exaspérée, elle prit sous son bras la tête du moutard, et commença à lui entonner coup sur coup des cuillerées de soupe dans le gosier. Il les vomissait à mesure, trépignait, se tordait, suffoquait, battait l'air de ses mains, rouge comme s'il allait mourir étouffé.

Le père demeura d'abord tellement surpris qu'il ne faisait plus un mouvement. Puis, soudain, il s'élança avec une rage de fou furieux, étreignit sa servante à la gorge et la jeta contre le mur. Il balbutiait :

— Dehors!... dehors!... dehors!... brute!

Mais elle, d'une secousse, le repoussa, et, dépeignée, le bonnet dans le dos, les yeux ardents, cria :

— Qu'est-ce qui vous prend, à c't' heure ? Vous voulez me battre parce que je fais manger de la soupe à c't' enfant que vous allez tuer avec vos gâteries!...

Il répétait, tremblant de la tête aux pieds :

— Dehors!... va-t'en... va-t'en, brute!...

Alors, affolée, elle revint sur lui et, l'œil dans l'œil, la voix tremblante :

— Ah!... vous croyez... vous croyez que vous allez me traiter comme ça, moi, moi ?... Ah! mais non... Et pour qui, pour qui... pour ce morveux qui n'est seulement point à vous... Non... point à vous!... Non... point à vous!... point à vous!... point à vous!... Tout le monde le sait, parbleu! excepté vous... Demandez à l'épicier, au boucher, au boulanger, à tous, à tous...

Elle bredouillait, étranglée par la colère; puis, elle se tut, le regardant.

Il ne bougeait plus, livide, les bras ballants. Au bout de quelques secondes, il balbutia d'une voix éteinte, tremblante, où palpitait pourtant une émotion formidable :

— Tu dis ?... tu dis ?... Qu'est-ce que tu dis ?

Elle se taisait, effrayée par son visage. Il fit encore un pas, répétant :

— Tu dis ?... Qu'est-ce que tu dis ?

Alors, elle répondit d'une voix calmée :

— Je dis ce que je sais, parbleu! ce que tout le monde sait.

Il leva les deux mains et, se jetant sur elle avec un emportement de bête, essaya de la terrasser. Mais elle était forte, quoique vieille, et agile aussi. Elle lui glissa dans les bras et, courant autour de la table, redevenue soudain furieuse, elle glapissait :

— Regardez-le, regardez-le donc, bête que vous êtes, si ce n'est pas tout le portrait de M. Duretour; mais regardez son nez et ses yeux, les avez-vous comme ça, les yeux ? et le nez ? et les cheveux ? les avait-elle comme ça aussi, elle ? Je vous dis que tout le monde le sait, tout le monde, excepté vous! C'est la risée de la ville! Regardez-le...

Elle passait devant la porte, elle l'ouvrit, et disparut.

Jean, épouvanté, demeurait immobile, en face de son assiette à soupe.

*
* *

Au bout d'une heure, elle revint, tout doucement, pour voir. Le petit, après avoir dévoré les gâteaux, le compotier de crème et celui des poires au sucre, mangeait maintenant le pot de confitures avec sa cuiller à potage.

Le père était sorti.

Céleste prit l'enfant, l'embrassa et, à pas muets, l'emporta dans sa chambre, puis le coucha. Et elle revint dans la salle à manger, défit la table, rangea tout, très inquiète.

On n'entendait aucun bruit dans la maison, aucun. Elle alla coller son oreille à la porte de son maître. Il ne faisait aucun mouvement. Elle posa son œil au trou de la serrure. Il écrivait, et semblait tranquille.

Alors elle retourna s'asseoir dans sa cuisine pour être prête en toute circonstance, car elle flairait bien quelque chose.

Elle s'endormit sur une chaise, et ne se réveilla qu'au jour.

Elle fit le ménage, comme elle avait coutume, chaque matin; elle balaya, elle épousseta, et, vers huit heures, prépara le café de M. Lemonnier.

Mais elle n'osait point le porter à son maître, [ne] sachant trop comment elle allait être reçue; et elle attendit qu'il sonnât. Il ne sonna point. Neuf heures, puis dix heures passèrent.

Céleste, effarée, prépara son plateau et se mit en route, le cœur battant. Devant la porte elle s'arrêta, écouta. Rien ne remuait. Elle frappa; on ne répondit pas. Alors, rassemblant tout son courage, elle ouvrit, entra, puis, poussant un cri terrible, laissa choir le déjeuner qu'elle tenait aux mains.

M. Lemonnier pendait au beau milieu de sa chambre, accroché par le cou à l'anneau du plafond. Il avait la langue tirée affreusement. La savate droite gisait, tombée à terre. La gauche était restée au pied. Une chaise renversée avait roulé jusqu'au lit.

Céleste, éperdue, s'enfuit en hurlant. Tous les voisins accoururent. Le médecin constata que la mort remontait à minuit.

Une lettre adressée à M. Duretour fut trouvée sur la table du suicidé. Elle ne contenait que cette ligne :

« Je vous laisse et je vous confie le petit. »

LA ROCHE AUX GUILLEMOTS[1]

1. Ce conte a paru d'abord dans *Le Gaulois* du 14 avril 1882, sous la signature de *Guy de Maupassant*.

Voici la saison des guillemots.

D'avril à la fin de mai, avant que les baigneurs parisiens arrivent, on voit paraître soudain, sur la petite plage d'Étretat, quelques vieux messieurs bottés, sanglés en des vestes de chasse. Ils passent quatre ou cinq jours à l'hôtel Hauville, disparaissent, reviennent trois semaines plus tard; puis, après un nouveau séjour, s'en vont définitivement.

On les revoit au printemps suivant.

Ce sont les derniers chasseurs de guillemots, ceux qui restent des anciens; car ils étaient une vingtaine de fanatiques, il y a trente ou quarante ans; ils ne sont plus que quelques enragés tireurs.

Le guillemot est un oiseau voyageur fort rare, dont les habitudes sont étranges. Il habite presque toute l'année les parages de Terre-Neuve, des îles Saint-Pierre et Miquelon; mais, au moment des amours, une bande d'émigrants traverse l'Océan, et, tous les ans, vient pondre et couver au même endroit, à la roche dite *aux Guillemots*, près d'Étretat. On n'en trouve que là, rien que là. Ils y sont toujours venus, on les a toujours chassés, et ils reviennent encore; ils reviendront toujours. Sitôt les petits élevés, ils repartent, disparaissent pour un an.

Pourquoi ne vont-ils jamais ailleurs, ne choisissent-ils aucun autre point de cette longue falaise blanche et sans cesse pareille qui court du Pas-de-Calais au Havre ? Quelle force, quel instinct invincible, quelle habitude séculaire poussent ces oiseaux à revenir en ce lieu ? Quelle première émigration, quelle tempête peut-être a jadis jeté leurs pères sur cette roche ? Et pourquoi les fils, les petits-fils, tous les descendants des premiers y sont-ils toujours retournés ?

Ils ne sont pas nombreux : une centaine au plus, comme si une seule famille avait cette tradition, accomplissait ce pèlerinage annuel.

Et chaque printemps, dès que la petite tribu voyageuse s'est réinstallée sur sa roche, les mêmes chasseurs aussi reparaissent dans le village. On les a connus jeunes autrefois; ils sont vieux aujourd'hui, mais fidèles au rendez-vous régulier qu'ils se sont donné depuis trente ou quarante ans.

Pour rien au monde, ils n'y manqueraient.

*
* *

C'était par un soir d'avril de l'une des dernières années. Trois des anciens tireurs de guillemots venaient d'arriver; un d'eux manquait, M. d'Arnelles.

Il n'avait écrit à personne, n'avait donné aucune nouvelle. Pourtant il n'était point mort, comme tant d'autres; on l'aurait su. Enfin, las d'attendre, les premiers venus se mirent à table; et le dîner touchait à sa fin, quand une voiture roula dans la cour de l'hôtellerie; et bientôt le retardataire entra.

Il s'assit, joyeux, se frottant les mains, mangea de grand appétit, et, comme un de ses compagnons s'étonnait qu'il fût en redingote, il répondit tranquillement :

— Oui, je n'ai pas eu le temps de me changer.

On se coucha en sortant de table, car, pour surprendre les oiseaux, il faut partir bien avant le jour.

Rien de joli comme cette chasse, comme cette promenade matinale.

Dès trois heures du matin, les matelots réveillent les chasseurs en jetant du sable dans les vitres. En quelques minutes on est prêt et on descend sur le perret. Bien que le crépuscule ne se montre point encore, les étoiles sont un peu pâlies; la mer fait grincer les galets; la brise est si fraîche qu'on frissonne un peu, malgré les gros habits.

Bientôt les deux barques, poussées par les hommes, dévalent brusquement sur la pente de cailloux ronds, avec un bruit de toile qu'on déchire; puis elles se balancent sur les premières vagues. La voile brune monte au mât, se gonfle un peu, palpite, hésite et, bombée de nouveau, ronde comme un ventre, emporte les coques goudronnées vers la grande porte d'aval qu'on distingue vaguement dans l'ombre.

Le ciel s'éclaircit; les ténèbres semblent fondre; la côte paraît voilée encore, la grande côte blanche, droite comme une muraille.

On franchit la Manne-Porte, voûte énorme où passerait un navire; on double la pointe de la Courtine; voici le val d'Antifer, le cap du même nom; et soudain on aperçoit une plage où des centaines de mouettes sont posées. Voici la roche aux Guillemots.

C'est tout simplement une petite bosse de la falaise; et, sur les étroites corniches du roc, des têtes d'oiseaux se montrent, qui regardent les barques.

Ils sont là, immobiles, attendant, ne se risquant point à partir encore. Quelques-uns, piqués sur des rebords avancés, ont l'air assis sur leurs derrières, dressés en forme de bouteille, car ils ont des pattes si courtes qu'ils semblent, quand ils marchent, glisser comme des bêtes à roulettes; et, pour s'envoler, ne pouvant prendre d'élan, il leur faut se laisser tomber comme des pierres, presque jusqu'aux hommes qui les guettent.

Ils connaissent leur infirmité et le danger qu'elle leur crée, et ne se décident pas à vite s'enfuir.

Mais les matelots se mettent à crier, battent leurs bordages avec les tolets de bois, et les oiseaux, pris de peur, s'élancent un à un, dans le vide, précipités jusqu'au ras de la vague; puis, les ailes battant à coups rapides, ils filent, filent et gagnent le large, quand une grêle de plombs ne les jette pas à l'eau.

Pendant une heure on les mitraille ainsi, les forçant à déguerpir l'un après l'autre; et quelquefois les femelles au nid, acharnées à couver, ne s'en vont point, et reçoivent coup sur coup les décharges qui font jaillir sur la roche blanche des gouttelettes de sang rose, tandis que la bête expire sans avoir quitté ses œufs.

***

Le premier jour, M. d'Arnelles chassa avec son entrain habituel; mais, quand on repartit vers dix heures, sous le haut soleil radieux, qui jetait de grands triangles de lumière dans les échancrures blanches de la côte, il se montra un peu soucieux, rêvant parfois, contre son habitude.

Dès qu'on fut de retour au pays, une sorte de domestique en noir vint lui parler bas. Il sembla réfléchir, hésiter, puis il répondit :

— Non, demain.

Et, le lendemain, la chasse recommença. M. d'Arnelles, cette fois, manqua souvent les bêtes, qui pourtant se laissaient choir presque au bout du canon de fusil; et ses amis, riant, lui demandaient s'il était amoureux, si quelque trouble secret lui remuait le cœur et l'esprit.

A la fin, il en convint.

— Oui, vraiment, il faut que je parte tantôt, et cela me contrarie.

— Comment, vous partez ? Et pourquoi ?

— Oh! j'ai une affaire qui m'appelle, je ne puis rester plus longtemps.

Puis on parla d'autre chose.

Dès que le déjeuner fut terminé, le valet en noir reparut. M. d'Arnelles ordonna d'atteler; et l'homme allait sortir quand les trois autres chasseurs intervinrent, insistèrent, priant et sollicitant pour retenir leur ami. L'un d'eux, à la fin, demanda :

— Mais, voyons, elle n'est pas si grave, cette affaire, puisque vous avez bien attendu déjà deux jours!

Le chasseur, tout à fait perplexe, réfléchissait, visiblement combattu, tiré par le plaisir et une obligation, malheureux et troublé.

Après une longue méditation, il murmura, hésitant :

— C'est que... c'est que... je ne suis pas seul ici; j'ai mon gendre.

Ce furent des cris et des exclamations :

— Votre gendre ?... mais où est-il ?

Alors, tout à coup, il sembla confus, et rougit.

— Comment! vous ne savez pas ?... Mais... mais... il est sous la remise. Il est mort.

Un silence de stupéfaction régna.

M. d'Arnelles reprit, de plus en plus troublé :

— J'ai eu le malheur de le perdre; et, comme je conduisais le corps chez moi, à Briseville, j'ai fait un petit détour pour ne pas manquer notre rendez-vous. Mais, vous comprenez que je ne puis m'attarder plus longtemps.

Alors, un des chasseurs, plus hardi :

— Cependant... Puisqu'il est mort... il me semble... qu'il peut bien attendre un jour de plus.

Les deux autres n'hésitèrent plus :

— C'est incontestable, dirent-ils.

M. d'Arnelles semblait soulagé d'un grand poids; encore un peu inquiet pourtant, il demanda :

— Mais là... franchement... vous trouvez ?...

Les trois autres, comme un seul homme, répondirent :

— Parbleu! mon cher, deux jours de plus ou de moins n'y feront rien dans son état.

Alors, tout à fait tranquille, le beau-père se retourna vers le croque-mort :

— Eh bien! mon ami, ce sera pour après-demain.

TOMBOUCTOU [1]

1. Ce conte a paru d'abord dans *Le Gaulois* du 2 août 1883, sous la signature de *Guy de Maupassant*.

Le boulevard, ce fleuve de vie, grouillait dans la poudre d'or du soleil couchant. Tout le ciel était rouge, aveuglant ; et, derrière la Madeleine, une immense nuée flamboyante jetait dans toute la longue avenue une oblique averse de feu, vibrante comme une vapeur de brasier.

La foule gaie, palpitante, allait sous cette brume enflammée et semblait dans une apothéose. Les visages étaient dorés ; les chapeaux noirs et les habits avaient des reflets de pourpre ; le vernis des chaussures jetait des flammes sur l'asphalte des trottoirs.

Devant les cafés, un peuple d'hommes buvait des boissons brillantes et colorées qu'on aurait prises pour des pierres précieuses fondues dans le cristal.

Au milieu des consommateurs aux légers vêtements plus foncés, deux officiers en grande tenue faisaient baisser tous les yeux par l'éblouissement de leurs dorures. Ils causaient, joyeux sans motif, dans cette gloire de vie, dans ce rayonnement radieux du soir ; et ils regardaient la foule [1], les hommes lents et les femmes pressées qui laissaient derrière elles une odeur savoureuse et troublante.

Tout à coup un nègre énorme, vêtu de noir, ventru, chamarré de breloques sur un gilet de coutil, la face luisante comme si elle eût été cirée, passa devant eux avec un air de triomphe. Il riait aux passants, il riait aux vendeurs de journaux, il riait au ciel éclatant, il

1. C'est le texte d'Ollendorff : celui du *Gaulois* et celui de l'édition originale donnent : « et ils regardaient *contre* la foule », qui ne fait pas grand sens.

riait à Paris entier. Il était si grand qu'il dépassait toutes les têtes; et, derrière lui, tous les badauds se retournaient pour le contempler de dos.

Mais soudain il aperçut les officiers, et, culbutant les buveurs, il s'élança. Dès qu'il fut devant leur table, il planta sur eux ses yeux luisants et ravis, et les coins de sa bouche lui montèrent jusqu'aux oreilles, découvrant ses dents blanches, claires comme un croissant de lune dans un ciel noir. Les deux hommes, stupéfaits, contemplaient ce géant d'ébène, sans rien comprendre à sa gaieté.

Et il s'écria, d'une voix qui fit rire toutes les tables :

— Bonjou, mon lieutenant.

Un des officiers était chef de bataillon, l'autre colonel. Le premier dit :

— Je ne vous connais pas, monsieur; j'ignore ce que vous me voulez.

Le nègre reprit :

— Moi aimé beaucoup toi, lieutenant Védié, siège Bézi, beaucoup raisin, cherché moi.

L'officier, tout à fait éperdu, regardait fixement l'homme, cherchant au fond de ses souvenirs; mais brusquement il s'écria :

— Tombouctou ?

Le nègre, radieux, tapa sur sa cuisse en poussant un rire d'une invraisemblable violence et beuglant :

— Si, si, ya, mon lieutenant, reconné Tombouctou, ya, bonjou.

Le commandant lui tendit la main en riant lui-même de tout son cœur. Alors Tombouctou redevint grave. Il saisit la main de l'officier, et, si vite que l'autre ne put l'empêcher, il la baisa, selon la coutume nègre et arabe. Confus, le militaire lui dit d'une voix sévère :

— Allons, Tombouctou, nous ne sommes pas en Afrique. Assieds-toi là et dis-moi comment je te [re]trouve ici.

Tombouctou tendit son ventre, et, bredouillant, tant il parlait vite :

— Gagné beaucoup d'agent, beaucoup, grand' estaurant, bon mangé, Prussiens, moi, beaucoup volé, beaucoup, cuisine française, Tombouctou, cuisinié de l'Empéeu, deux cent mille fancs à moi. Ah! ah! ah! ah!

Et il riait, tordu, hurlant avec une folie de joie dans le regard.

Quand l'officier, qui comprenait son étrange langage, l'eut interrogé quelque temps, il lui dit :

— Eh bien, au revoir, Tombouctou; à bientôt.

Le nègre aussitôt se leva, serra, cette fois, la main qu'on lui tendait, et, riant toujours, cria :

— Bonjou, bonjou, mon lieutenant!

Il s'en alla, si content, qu'il gesticulait en marchant, et qu'on le prenait pour un fou.

Le colonel demanda :

— Qu'est-ce que cette brute ?

— Un brave garçon et un brave soldat. Je vais vous dire ce que je sais de lui; c'est assez drôle.

*
* *

Vous savez qu'au commencement de la guerre de 1870 je fus enfermé dans Bézières, que ce nègre appelle Bézi. Nous n'étions point assiégés, mais bloqués. Les lignes prussiennes nous entouraient de partout, hors de portée des canons, ne tirant pas non plus sur nous, mais nous affamant peu à peu.

J'étais alors lieutenant. Notre garnison se trouvait composée de troupes de toute nature, débris de régiments écharpés, fuyards, maraudeurs séparés des corps d'armée. Nous avions de tout enfin, même onze turcos arrivés un soir on ne sait comment, on ne sait par où. Ils s'étaient présentés aux portes de la ville, harassés, déguenillés, affamés et saouls. On me les donna.

Je reconnus bientôt qu'ils étaient rebelles à toute discipline, toujours dehors et toujours gris. J'essayai de la salle de police, même de la prison, rien n'y fit. Mes hommes disparaissaient des jours entiers, comme s'ils se fussent enfoncés sous terre, puis reparaissaient ivres à tomber. Ils n'avaient pas d'argent. Où buvaient-ils ? Et comment, et avec quoi ?

Cela commençait à m'intriguer vivement, d'autant plus que ces sauvages m'intéressaient avec leur rire éternel et leur caractère de grands enfants espiègles.

Je m'aperçus alors qu'ils obéissaient aveuglément au plus grand d'eux tous, celui que vous venez de voir. Il les gouvernait à son gré, préparait leurs mystérieuses entreprises en chef tout-puissant et incontesté. Je le fis venir chez moi et je l'interrogeai. Notre conversation dura bien trois heures, tant j'avais de peine à pénétrer son surprenant charabia. Quant à lui, le pauvre diable, il faisait des efforts inouïs pour être compris, inventait des mots, gesticulait, suait de peine, s'essuyait le front, soufflait, s'arrêtait et repartait brusquement quand il croyait avoir trouvé un nouveau moyen de s'expliquer.

Je devinai enfin qu'il était fils d'un grand chef, d'une sorte de roi nègre des environs de Tombouctou. Je lui demandai son nom. Il répondit quelque chose comme Chavaharibouhalikhranafotapolara. Il me parut plus simple de lui donner le nom de son pays : « Tombouctou ». Et, huit jours plus tard, toute la garnison ne le nommait plus autrement.

Mais une envie folle nous tenait de savoir où cet ex-prince africain trouvait à boire. Je le découvris d'une singulière façon.

J'étais un matin sur les remparts, étudiant l'horizon, quand j'aperçus dans une vigne quelque chose qui remuait. On arrivait au temps des vendanges, les raisins étaient mûrs, mais je ne songeais guère à cela. Je pensai qu'un espion s'approchait de la ville, et j'organisai une expédition complète pour saisir le rôdeur. Je pris moi-même le commandement, après avoir obtenu l'autorisation du général.

J'avais fait sortir, par trois portes différentes, trois petites troupes qui devaient se rejoindre auprès de la vigne suspecte et la cerner. Pour couper la retraite à l'espion, un de ces détachements avait à faire une marche d'une heure au moins. Un homme resté en observation sur les murs m'indiqua par signe que l'être aperçu n'avait point quitté le champ. Nous allions en grand silence, rampant, presque couchés dans les ornières. Enfin, nous touchons au point désigné; je déploie brusquement mes soldats, qui s'élancent dans la vigne, et trouvent... Tombouctou voyageant à quatre pattes au milieu des ceps et mangeant du raisin, ou plutôt happant du raisin comme un chien qui mange sa soupe, à pleine bouche, à la plante même, en arrachant la grappe d'un coup de dent.

Je voulus le faire relever; il n'y fallait pas songer, et je compris alors pourquoi il se traînait ainsi sur les mains et sur les genoux. Dès qu'on l'eut planté sur ses jambes, il oscilla quelques secondes, tendit les bras et s'abattit sur le nez. Il était gris comme je n'ai jamais vu un homme être gris.

On le rapporta sur deux échalas. Il ne cessa de rire tout le long de la route en gesticulant des bras et des jambes.

C'était là tout le mystère. Mes gaillards buvaient au raisin lui-même. Puis, lorsqu'ils étaient saouls à ne plus bouger, ils dormaient sur place.

Quant à Tombouctou, son amour de la vigne passait toute croyance et toute mesure. Il vivait là-dedans à la façon des grives, qu'il haïssait d'ailleurs d'une haine de rival jaloux. Il répétait sans cesse :

— Les gives mangé tout le aisin, capules!

*
* *

Un soir on vint me chercher. On apercevait par la plaine quelque chose arrivant vers nous. Je n'avais point pris ma lunette, et je distinguais fort mal. On eût dit un grand serpent qui se déroulait, un convoi, que sais-je?

J'envoyai quelques hommes au-devant de cette étrange caravane qui fit bientôt son entrée triomphale. Tombouctou et neuf de ses compagnons portaient sur une sorte d'autel, fait avec des chaises de campagne, huit têtes coupées, sanglantes et grimaçantes. Le dixième turco traînait un cheval à la queue duquel un autre était attaché, et six autres bêtes suivaient encore, retenues de la même façon.

Voici ce que j'appris. Étant partis aux vignes, mes Africains avaient aperçu tout à coup un détachement prussien s'approchant d'un village. Au lieu de fuir, ils s'étaient cachés; puis, lorsque les officiers eurent mis pied à terre devant une auberge pour se rafraîchir, les onze gaillards s'élancèrent, mirent en fuite les uhlans qui se crurent attaqués, tuèrent les deux sentinelles, plus le colonel et les cinq officiers de son escorte.

Ce jour-là, j'embrassai Tombouctou. Mais je m'aperçus qu'il marchait avec peine. Je le crus blessé; il se mit à rire et me dit :

— Moi, povisions pou pays.

C'est que Tombouctou ne faisait point la guerre pour l'honneur, mais bien pour le gain. Tout ce qu'il trouvait, tout ce qui lui paraissait avoir une valeur quelconque, tout ce qui brillait surtout, il le plongeait dans sa poche! Quelle poche! un gouffre qui commençait à la hanche et finissait aux chevilles. Ayant retenu un terme de troupier, il l'appelait sa « profonde », et c'était sa profonde, en effet!

Donc il avait détaché l'or des uniformes prussiens, le cuivre des casques, les boutons, etc., et jeté le tout dans sa « profonde » qui était pleine à déborder.

Chaque jour, il précipitait là-dedans tout objet luisant qui lui tombait sous les yeux, morceaux d'étain ou pièces d'argent, ce qui lui donnait parfois une tournure infiniment drôle.

Il comptait remporter cela au pays des autruches, dont il semblait bien le frère, ce fils de roi torturé par le besoin d'engloutir les corps brillants. S'il n'avait pas eu sa profonde, qu'aurait-il fait ? Il les aurait sans doute avalés.

Chaque matin sa poche était vide. Il avait donc un magasin général où s'entassaient ses richesses. Mais où ? Je ne l'ai pu découvrir.

Le général, prévenu du haut fait de Tombouctou, fit bien vite enterrer les corps demeurés au village voisin, pour qu'on ne découvrît point qu'ils avaient été décapités. Les Prussiens y revinrent le lendemain. Le maire et sept habitants notables furent fusillés sur-le-champ, par représailles, comme ayant dénoncé la présence des Allemands.

***

L'hiver était venu. Nous étions harassés et désespérés. On se battait maintenant tous les jours. Les hommes affamés ne marchaient plus. Seuls les huit turcos (trois avaient été tués) demeuraient gras et luisants, vigoureux et toujours prêts à se battre. Tombouctou engraissait même. Il me dit un jour :

— Toi beaucoup faim, moi bon viande.

Et il m'apporta en effet un excellent filet. Mais de quoi ? Nous n'avions plus ni bœufs, ni moutons, ni chèvres, ni ânes, ni porcs. Il était impossible de se procurer du cheval. Je réfléchis à tout cela après avoir dévoré ma viande. Alors une pensée horrible me vint. Ces nègres étaient nés bien près du pays où l'on mange des hommes ! Et chaque jour tant de soldats tombaient autour de la ville ! J'interrogeai Tombouctou. Il ne voulut pas répondre. Je n'insistai point, mais je refusai désormais ses présents.

Il m'adorait. Une nuit, la neige nous surprit aux avant-postes. Nous étions assis par terre. Je regardais avec pitié les pauvres nègres grelottant sous cette poussière blanche et glacée. Comme j'avais grand froid, je me mis à tousser. Je sentis aussitôt quelque chose s'abattre sur moi, comme une grande et chaude couverture. C'était le manteau de Tombouctou qu'il me jetait sur les épaules.

Je me levai et, lui rendant son vêtement :

— Garde ça, mon garçon ; tu en as plus besoin que moi.

Il répondit :

— Non, mon lieutenant, pou toi, moi pas besoin, moi chaud, chaud.

Et il me contemplait avec des yeux suppliants.

Je repris :

— Allons, obéis, garde ton manteau, je le veux.

Le nègre alors se leva, tira son sabre qu'il savait rendre coupant comme une faux, et tenant de l'autre main sa large capote que je refusais :

— Si toi pas gadé manteau, moi coupé ; pés[s]onne manteau.

Il l'aurait fait. Je cédai.

***

Huit jours plus tard, nous avions capitulé. Quelques-uns d'entre nous avaient pu s'enfuir. Les autres allaient sortir de la ville et se rendre aux vainqueurs.

Je me dirigeais vers la place d'Armes où nous devions nous réunir, quand je demeurai stupide d'étonnement devant un nègre géant vêtu de coutil blanc et coiffé d'un chapeau de paille. C'était Tombouctou. Il semblait radieux et se promenait, les mains dans ses poches, devant une petite boutique où l'on voyait en montre deux assiettes et deux verres.

Je lui dis :

— Qu'est-ce que tu fais ?

Il répondit :

— Moi pas pati, moi bon cuisinié, moi fait mangé colonel, Algéie; moi mangé Pussiens, beaucoup volé, beaucoup.

Il gelait à dix degrés. Je grelottais devant ce nègre en coutil. Alors il me prit par le bras et me fit entrer. J'aperçus une enseigne démesurée qu'il allait pendre devant sa porte sitôt que nous serions partis, car il avait quelque pudeur.

Et je lus, tracé par la main de quelque complice, cet appel :

CUISINE MILITAIRE DE M. TOMBOUCTOU

ANCIEN CUISINIER DE S. M. L'EMPEREUR

Artiste de Paris. — Prix modérés.

Malgré le désespoir qui me rongeait le cœur, je ne pus m'empêcher de rire, et je laissai mon nègre à son nouveau commerce.

Cela ne valait-il pas mieux que de le faire emmener prisonnier ?

Vous venez de voir qu'il a réussi, le gaillard.

Bézières, aujourd'hui, appartient à l'Allemagne. Le restaurant Tombouctou est un commencement de revanche.

HISTOIRE VRAIE [1]

1. Ce conte, publié dans *Le Gaulois* du 18 juin 1882, sous la signature de *Guy de Maupassant*, a paru de nouveau dans *Le Gil Blas* du 20 janvier 1885 dans une version identique, mais sous le titre *Mirza* et le pseudonyme de *Maufrigneuse*.

Un grand vent soufflait au-dehors, un vent d'automne mugissant et galopant, un de ces vents qui tuent les dernières feuilles et les emportent jusqu'aux nuages.

Les chasseurs achevaient leur dîner, encore bottés, rouges, animés, allumés. C'étaient de ces demi-seigneurs normands, mi-hobereaux, mi-paysans, riches et vigoureux, taillés pour casser les cornes des bœufs lorsqu'ils les arrêtent dans les foires.

Ils avaient chassé tout le jour sur les terres de maître Blondel, le maire d'Éparville, et ils mangeaient maintenant autour de la grande table, dans l'espèce de ferme-château dont était propriétaire leur hôte.

Ils parlaient comme on hurle, riaient comme rugissent les fauves, et buvaient comme des citernes, les jambes allongées, les coudes sur la nappe, les yeux luisants sous la flamme des lampes, chauffés par un foyer formidable qui jetait au plafond des lueurs sanglantes; ils causaient de chasse et de chiens. Mais ils étaient, à l'heure où d'autres idées viennent aux hommes, à moitié gris, et tous suivaient de l'œil une forte fille aux joues rebondies qui portait au bout de ses poings rouges les larges plats chargés de nourritures.

Soudain un grand diable qui était devenu vétérinaire après avoir étudié pour être prêtre, et qui soignait toutes les bêtes de l'arrondissement, M. Séjour, s'écria :

— Crébleu, maît' Blondel, vous avez là une bobonne qui n'est pas piquée des vers.

Et un rire retentissant éclata. Alors un vieux noble déclassé, tombé dans l'alcool, M. de Varnetot, éleva la voix :

— C'est moi qui ai eu jadis une drôle d'histoire avec une fillette comme ça! Tenez, il faut que je vous la raconte. Toutes les fois que j'y pense, ça me rappelle Mirza, ma chienne, que j'avais vendue au comte d'Haussonnel et qui revenait tous les jours, dès qu'on la lâchait, tant elle ne pouvait me quitter. A la fin je m' suis fâché et j'ai prié l' comte de la tenir à la chaîne. Savez-vous c' qu'elle a fait c'te bête ? Elle est morte de chagrin.

Mais, pour en revenir à ma bonne, v'là l'histoire :

— J'avais alors vingt-cinq ans et je vivais en garçon, dans mon château de Villebon. Vous savez, quand on est jeune, et qu'on a des rentes, et qu'on s'embête tous les soirs après dîner, on a l'œil de tous les côtés.

Bientôt je découvris une jeunesse qui était en service chez Déboultot, de Cauville. Vous avez bien connu Déboultot, vous, Blondel! Bref, elle m'enjôla si bien, la gredine, que j'allai un jour trouver son maître et je lui proposai une affaire. Il me céderait sa servante et je lui vendrais ma jument noire, Cocote, dont il avait envie depuis bientôt deux ans. Il me tendit la main « Topez-là, monsieur de Varnetot. » C'était marché conclu; la petite vint au château et je conduisis moi-même à Cauville ma jument, que je laissai pour trois cents écus.

Dans les premiers temps, ça alla comme sur des roulettes. Personne ne se doutait de rien; seulement Rose m'aimait un peu trop pour mon goût. C't' enfant-là, voyez-vous, ce n'était pas n'importe qui. Elle devait avoir quéqu' chose de pas commun dans les veines. Ça venait encore de quéqu' fille qui aura fauté avec son maître.

Bref, elle m'adorait. C'étaient des cajoleries, des mamours, des p'tits noms de chien, un tas d'gentillesses à me donner des réflexions.

Je me disais : « Faut pas qu' ça dure, ou je me laisserai prendre! » Mais on ne me prend pas facilement, moi. Je ne suis pas de ceux qu'on enjôle avec deux baisers. Enfin j'avais l'œil, quand elle m'annonça qu'elle était grosse.

Pif ! pan ! c'est comme si on m'avait tiré deux coups de fusil dans la poitrine. Et elle m'embrassait, elle m'embrassait, elle riait, elle dansait, elle était folle, quoi ! Je ne dis rien le premier jour ; mais, la nuit, je me raisonnai. Je pensais : « Ça y est ; mais faut parer le coup, et couper le fil, il n'est que temps. » Vous comprenez, j'avais mon père et ma mère à Barneville, et ma sœur mariée au marquis d'Yspare, à Rollebec, à deux lieues de Villebon. Pas moyen de blaguer.

Mais comment me tirer d'affaire ? Si elle quittait la maison, on se douterait de quelque chose et on jaserait. Si je la gardais, on verrait bientôt l' bouquet ; et puis, je ne pouvais la lâcher comme ça.

J'en parlai à mon oncle, le baron de Creteuil, un vieux lapin qui en a connu plus d'une, et je lui demandai un avis. Il me répondit tranquillement :

— Il faut la marier, mon garçon.

Je fis un bond.

— La marier, mon oncle, mais avec qui ?

Il haussa doucement les épaules :

— Avec qui tu voudras, c'est ton affaire et non la mienne. Quand on n'est pas bête on trouve toujours.

Je réfléchis bien huit jours à cette parole, et je finis par me dire à moi-même : « Il a raison, mon oncle. »

Alors, je commençai à me creuser la tête et à chercher ; quand un soir le juge de paix, avec qui je venais de dîner, me dit :

— Le fils de la mère Paumelle vient encore de faire une bêtise ; il finira mal, ce garçon-là. Il est bien vrai que bon chien chasse de race.

Cette mère Paumelle était une vieille rusée dont la jeunesse avait laissé à désirer. Pour un écu, elle aurait vendu certainement son âme, et son garnement de fils par-dessus le marché.

J'allai la trouver, et tout doucement, je lui fis comprendre la chose.

Comme je m'embarrassais dans mes explications, elle me demanda tout à coup :

— Qué qu' vous lui donnerez, à c' te p' tite ?

Elle était maligne, la vieille, mais moi, pas bête, j'avais préparé mon affaire.

Je possédais justement trois lopins de terre perdus auprès de Sasseville, qui dépendaient de mes trois fermes de Villebon. Les fermiers se plaignaient toujours que c'était loin; bref, j'avais repris ces trois champs, six acres en tout, et, comme mes paysans criaient, je leur avais remis, pour jusqu'à la fin de chaque bail, toutes leurs redevances en volailles. De cette façon, la chose passa. Alors, ayant acheté un bout de côte à mon voisin, M. d'Aumonté, je faisais construire une masure dessus, le tout pour quinze cents francs. De la sorte, je venais de constituer un petit bien qui ne me coûtait pas grand'chose, et je le donnais en dot à la fillette.

La vieille se récria : ce n'était pas assez; mais je tins bon, et nous nous quittâmes sans rien conclure.

Le lendemain, dès l'aube, le gars vint me trouver. Je ne me rappelais guère sa figure. Quand je le vis, je me rassurai; il n'était pas mal pour un paysan; mais il avait l'air d'un rude coquin.

Il prit la chose de loin, comme s'il venait acheter une vache. Quand nous fûmes d'accord, il voulut voir le bien; et nous voilà partis à travers champs. Le gredin me fit bien rester trois heures sur les terres; il les arpentait, les mesurait, en prenait des mottes qu'il écrasait dans ses mains, comme s'il avait peur d'être trompé sur la marchandise. La masure n'étant pas encore couverte, il exigea de l'ardoise au lieu de chaume parce que cela demande moins d'entretien!

Puis il me dit :

— Mais l' mobilier, c'est vous qui le donnez.

Je protestai :

— Non pas; c'est déjà beau de vous donner une ferme.

Il ricana :

— J' crai ben, une ferme et un éfant.

Je rougis malgré moi. Il reprit :

— Allons, vous donnerez l' lit, une table, l'ormoire, trois chaises et pi la vaisselle, ou ben rien d'fait.

J'y consentis.

Et nous voilà en route pour revenir. Il n'avait pas encore dit un mot de la fille. Mais tout à coup, il demanda d'un air sournois et gêné :

— Mais, si a mourait, à qui qu'il irait, çu bien ?

Je répondis :

— Mais, à vous, naturellement.

C'était tout ce qu'il voulait savoir depuis le matin. Aussitôt, il me tendit la main d'un mouvement satisfait. Nous étions d'accord.

Oh! par exemple, j'eus du mal pour décider Rose. Elle se traînait à mes pieds, elle sanglotait, elle répétait : « C'est vous qui me proposez ça! c'est vous! c'est vous! » Pendant plus d'une semaine, elle résista malgré mes raisonnements et mes prières. C'est bête, les femmes; une fois qu'elles ont l'amour en tête, elles ne comprennent plus rien. Il n'y a pas de sagesse qui tienne, l'amour avant tout, tout pour l'amour!

A la fin je me fâchai et la menaçai de la jeter dehors. Alors elle céda peu à peu, à condition que je lui permettrais de venir me voir de temps en temps.

Je la conduisis moi-même à l'autel, je payai la cérémonie, j'offris à dîner à toute la noce. Je fis grandement les choses, enfin. Puis : « Bonsoir mes enfants! » J'allai passer six mois chez mon frère en Touraine.

Quand je fus de retour, j'appris qu'elle était venue chaque semaine au château me demander. Et j'étais à peine arrivé depuis une heure que je la vis entrer avec un marmot dans les bras. Vous me croirez si vous voulez, mais ça me fit quelque chose de voir ce mioche. Je crois même que je l'embrassai.

Quant à la mère, une ruine, un squelette, une ombre. Maigre, vieillie. Bigre de bigre, ça ne lui allait pas le mariage! Je lui demandai machinalement :

— Es-tu heureuse ?

Alors elle se mit à pleurer comme une source, avec des hoquets, des sanglots, et elle criait :

— Je n' peux pas, je n' peux pas m' passer de vous maintenant. J'aime mieux mourir, je n' peux pas!

Elle faisait un bruit du diable. Je la consolai comme je pus et je la reconduisis à la barrière.

J'appris en effet que son mari la battait; et que sa

belle-mère lui rendait la vie dure, la vieille chouette.

Deux jours après elle revenait. Et elle me prit dans ses bras, elle se traîna par terre :

— Tuez-moi, mais je n' veux pas retourner là-bas.

Tout à fait ce qu'aurait dit Mirza si elle avait parlé!

Ça commençait à m'embêter, toutes ces histoires; et je filai pour six mois encore. Quand je revins... Quand je revins, j'appris qu'elle était morte trois semaines auparavant, après être revenue au château tous les dimanches... toujours comme Mirza. L'enfant aussi était mort huit jours après.

Quant au mari, le madré coquin, il héritait. Il a bien tourné depuis, paraît-il, il est maintenant conseiller municipal.

Puis, M. de Varnetot ajouta en riant :

— C'est égal, c'est moi qui ai fait sa fortune à celui-là!

Et M. Séjour, le vétérinaire, conclut gravement en portant à sa bouche un verre d'eau-de-vie :

— Tout ce que vous voudrez, mais des femmes comme ça, il n'en faut pas.

ADIEU [1]

1. Ce conte a paru d'abord dans *Le Gil Blas* du 18 mars 1884, sous le pseudonyme de *Maufrigneuse*.

Les deux amis achevaient de dîner. De la fenêtre du café ils voyaient le boulevard couvert de monde. Ils sentaient passer ces souffles tièdes qui courent dans Paris par les douces nuits d'été, et font lever la tête aux passants et donnent envie de partir, d'aller là-bas, on ne sait où, sous des feuilles, et font rêver de rivières éclairées par la lune, de vers luisants et de rossignols.

L'un d'eux, Henri Simon, prononça, en soupirant profondément :

— Ah! je vieillis. C'est triste. Autrefois, par des soirs pareils, je me sentais le diable au corps. Aujourd'hui je ne me sens plus que des regrets. Ça va vite la vie!

Il était un peu gros déjà, vieux de quarante-cinq ans peut-être, et très chauve.

L'autre, Pierre Carnier, un rien plus âgé, mais plus maigre et plus vivant, reprit :

— Moi, mon cher, j'ai vieilli sans m'en apercevoir le moins du monde. J'étais toujours gai, gaillard, vigoureux et le reste. Or, comme on se regarde chaque jour dans son miroir, on ne voit pas le travail de l'âge s'accomplir, car il est lent, régulier, et il modifie le visage si doucement que les transitions sont insensibles. C'est uniquement pour cela que nous ne mourons pas de chagrin après deux ou trois ans seulement de ravages. Car nous ne les pouvons apprécier. Il faudrait, pour s'en rendre compte, rester six mois sans regarder sa figure — oh! alors quel coup!

Et les femmes, mon cher, comme je les plains, les

pauvres êtres! Tout leur bonheur, toute leur puissance, toute leur vie sont dans leur beauté qui dure dix ans.

Donc, moi, j'ai vieilli sans m'en douter, je me croyais presque un adolescent alors que j'avais près de cinquante ans. Ne me sentant aucune infirmité d'aucune sorte, j'allais, heureux et tranquille.

La révélation de ma décadence m'est venue d'une façon simple et terrible qui m'a atterré pendant près de six mois... puis j'en ai pris mon parti.

J'ai été souvent amoureux, comme tous les hommes, mais principalement une fois.

Je l'avais rencontrée au bord de la mer à Étretat, voici douze ans environ, un peu après la guerre. Rien de gentil comme cette plage, le matin, à l'heure des bains. Elle est petite, arrondie en fer à cheval, encadrée par ces hautes falaises blanches percées de ces trous singuliers qu'on nomme les Portes, l'une énorme, allongeant dans la mer sa jambe de géante, l'autre en face, accroupie et ronde; la foule des femmes se rassemble, se masse sur l'étroite langue de galets qu'elle couvre d'un éclatant jardin de toilettes claires, dans ce cadre de hauts rochers. Le soleil tombe en plein sur les côtes, sur les ombrelles de toute nuance, sur la mer d'un bleu verdâtre; et tout cela est gai, charmant, sourit aux yeux. On va s'asseoir tout contre l'eau, et on regarde les baigneuses. Elles descendent, drapées dans un peignoir de flanelle qu'elles rejettent d'un joli mouvement en atteignant la frange d'écume des courtes vagues; et elles entrent dans la mer, d'un petit pas rapide qu'arrête parfois un frisson de froid délicieux, une courte suffocation.

Bien peu résistent à cette épreuve du bain. C'est là qu'on les juge, depuis le mollet jusqu'à la gorge. La sortie surtout révèle les faibles, bien que l'eau de mer soit d'un puissant secours aux chairs amollies.

Le première fois que je vis ainsi cette jeune femme, je fus ravi et séduit. Elle tenait bon, elle tenait ferme. Puis il y a des figures dont le charme entre en nous brusquement, nous envahit tout d'un coup. Il semble qu'on trouve la femme qu'on était né pour aimer. J'ai eu cette sensation et cette secousse.

Je me fis présenter et je fus bientôt pincé comme je ne l'avais jamais été. Elle me ravageait le cœur. C'est une chose effroyable et délicieuse que de subir ainsi la domination d'une femme. C'est presque un supplice et, en même temps, un incroyable bonheur. Son regard, son sourire, les cheveux de sa nuque quand la brise les soulevait, toutes les plus petites lignes de son visage, les moindres mouvements de ses traits, me ravissaient, me bouleversaient, m'affolaient. Elle me possédait par toute [s]a personne, par ses gestes, par ses attitudes, même par les choses qu'elle portait qui devenaient ensorcelantes. Je m'attendrissais à voir sa voilette sur un meuble, ses gants jetés sur un fauteuil. Ses toilettes me semblaient inimitables. Personne n'avait des chapeaux pareils aux siens.

Elle était mariée, mais l'époux venait tous les samedis pour repartir les lundis. Il me laissait d'ailleurs indifférent. Je n'en étais point jaloux, je ne sais pourquoi, jamais un être ne me parut avoir aussi peu d'importance dans la vie, n'attira moins mon attention que cet homme.

Comme je l'aimais, elle! Et comme elle était belle, gracieuse et jeune! C'était la jeunesse, l'élégance et la fraîcheur même. Jamais je n'avais senti de cette façon comme la femme est un être joli, fin, distingué, délicat, fait de charme et de grâce. Jamais je n'avais compris ce qu'il y a de beauté séduisante dans la courbe d'une joue, dans le mouvement d'une lèvre, dans les plis ronds d'une petite oreille, dans la forme de ce sot organe qu'on nomme le nez.

Cela dura trois mois, puis je partis pour l'Amérique, le cœur broyé de désespoir. Mais sa pensée demeura en moi, persistante, triomphante. Elle me possédait de loin comme elle m'avait possédé de près. Des années passèrent. Je ne l'oubliais point. Son image charmante restait devant mes yeux et dans mon cœur. Et ma tendresse lui demeurait fidèle, une tendresse tranquille, maintenant, quelque chose comme le souvenir aimé de ce que j'avais rencontré de plus beau et de plus séduisant dans la vie.

***

Douze ans sont si peu de chose dans l'existence d'un homme! On ne les sent point passer! Elles vont l'une après l'autre, les années, doucement et vite, lentes et pressées, chacune est longue et si tôt finie! Et elles s'additionnent si promptement, elles laissent si peu de trace derrière elles, elles s'évanouissent si complètement qu'en se retournant pour voir le temps parcouru on n'aperçoit plus rien, et on ne comprend pas comment il se fait qu'on soit vieux.

Il me semblait vraiment que quelques mois à peine me séparaient de cette saison charmante sur le galet d'Étretat.

J'allais au printemps dernier dîner à Maisons-Laffitte, chez des amis.

Au moment où le train partait, une grosse dame monta dans mon wagon, escortée de quatre petites filles. Je jetai à peine un coup d'œil sur cette mère poule très large, très ronde, avec une face de pleine lune qu'encadrait un chapeau enrubanné.

Elle respirait fortement, essoufflée d'avoir marché vite. Et les enfants se mirent à babiller. J'ouvris mon journal et je commençai à lire.

Nous venions de passer Asnières, quand ma voisine me dit tout à coup :

— Pardon, Monsieur, n'êtes-vous pas monsieur Carnier ?

— Oui, Madame.

Alors elle se mit à rire, d'un rire content de brave femme, et un peu triste pourtant.

— Vous ne me reconnaissez pas ?

J'hésitais. Je croyais bien en effet avoir vu quelque part ce visage; mais où ? mais quand ? Je répondis :

— Oui... et non... Je vous connais certainement, sans retrouver votre nom.

Elle rougit un peu :

— Madame Julie Lefèvre.

Jamais je ne reçus un pareil coup. Il me sembla en une seconde que tout était fini pour moi! Je sentais seulement qu'un voile s'était déchiré devant mes yeux et que j'allais découvrir des choses affreuses et navrantes.

C'était elle! cette grosse femme commune, elle ? Et elle avait pondu ces quatre filles depuis que je ne l'avais vue. Et ces petits êtres m'étonnaient autant que leur mère elle-même. Ils sortaient d'elle; ils étaient grands déjà, ils avaient pris place dans la vie. Tandis qu'elle ne comptait plus, elle, cette merveille de grâce coquette et fine. Je l'avais vue hier, me semblait-il, et je la retrouvais ainsi! Etait-ce possible ? Une douleur violente m'étreignait le cœur, et aussi une révolte contre la nature même, une indignation irraisonnée, contre cette œuvre brutale, infâme de destruction.

Je la regardais effaré. Puis je lui pris la main; et des larmes me montèrent aux yeux. Je pleurais sa jeunesse, je pleurais sa mort. Car je ne connaissais point cette grosse dame.

Elle, émue aussi, balbutia :

— Je suis bien changée, n'est-ce pas ? Que voulez-vous, tout passe. Vous voyez, je suis devenue une mère, rien qu'une mère, une bonne mère. Adieu le reste, c'est fini. Oh! je pensais bien que vous ne me reconnaîtriez pas, si nous nous rencontrions jamais. Vous aussi, d'ailleurs, vous êtes changé; il m'a fallu quelque temps pour être sûr de ne point me tromper. Vous êtes devenu tout blanc. Songez. Voici douze ans! Douze ans! Ma fille aînée a dix ans déjà.

Je regardai l'enfant. Et je retrouvai en elle quelque chose du charme ancien de sa mère, mais quelque chose d'indécis encore, de peu formé, de prochain. Et la vie m'apparut rapide comme un train qui passe.

Nous arrivions à Maisons-Laffitte. Je baisai la main de ma vieille amie. Je n'avais rien trouvé à lui dire que d'affreuses banalités. J'étais trop bouleversé pour parler.

Le soir, tout seul, chez moi, je me regardai longtemps dans ma glace, très longtemps. Et je finis par me rappeler ce que j'avais été, par revoir en pensée ma moustache brune et mes cheveux noirs, et la physionomie jeune de mon visage. Maintenant j'étais vieux. Adieu.

SOUVENIR [1]

1. Ce conte a paru d'abord dans *Le Gil Blas* du 20 mai 1884, sous le pseudonyme de *Maufrigneuse*.

Comme il m'en vient des souvenirs de jeunesse sous la douce caresse du premier soleil! Il est un âge où tout est bon, gai, charmant, grisant. Qu'ils sont exquis les souvenirs des anciens printemps!

Vous rappelez-vous, vieux amis, mes frères, ces années de joie où la vie n'était qu'un triomphe et qu'un rire ? Vous rappelez-vous les jours de vagabondage autour de Paris, notre radieuse pauvreté, nos promenades dans les bois reverdis, nos ivresses d'air bleu dans les cabarets au bord de la Seine, et nos aventures d'amour si banales et si délicieuses ?

J'en veux dire une de ces aventures. Elle date de douze ans et me paraît déjà si vieille, si vieille, qu'elle me semble maintenant à l'autre bout de ma vie, avant le tournant, ce vilain tournant d'où j'ai aperçu tout à coup la fin du voyage.

J'avais alors vingt-cinq ans. Je venais d'arriver à Paris; j'étais employé dans un ministère, et les dimanches m'apparaissaient comme des fêtes extraordinaires, pleines d'un bonheur exubérant, bien qu'il ne se passât jamais rien d'étonnant.

C'est tous les jours dimanche, aujourd'hui. Mais je regrette le temps où je n'en avais qu'un par semaine. Qu'il était bon! J'avais six francs à dépenser!

***

Je m'éveillai tôt, ce matin-là, avec cette sensation de liberté que connaissent si bien les employés, cette sensation de délivrance, de repos, de tranquillité, d'indépendance.

J'ouvris ma fenêtre. Il faisait un temps admirable. Le ciel tout bleu s'étalait sur la ville, plein de soleil et d'hirondelles.

Je m'habillai bien vite et je partis, voulant passer la journée dans les bois, à respirer les feuilles; car je suis d'origine campagnarde, ayant été élevé dans l'herbe et sous les arbres.

Paris s'éveillait, joyeux, dans la chaleur et la lumière. Les façades des maisons brillaient; les serins des concierges s'égosillaient dans leurs cages, et une gaîté courait la rue, éclairait les visages, mettait un rire partout, comme un contentement mystérieux des êtres et des choses sous le clair soleil levant.

Je gagnai la Seine pour prendre *L'Hirondelle* qui me déposerait à Saint-Cloud.

Comme j'aimais cette attente du bateau sur le ponton! Il me semblait que j'allais partir pour le bout du monde, pour des pays nouveaux et merveilleux. Je le voyais apparaître, ce bateau, là-bas, sous l'arche du second pont, tout petit, avec son panache de fumée, puis plus gros, plus gros, grandissant toujours; et il prenait en mon esprit des allures de paquebot.

Il accostait et je montais.

Des gens endimanchés étaient déjà dessus, avec des toilettes voyantes, des rubans éclatants et de grosses figures écarlates. Je me plaçais tout à l'avant, debout, regardant fuir les quais, les arbres, les maisons, les ponts. Et soudain j'apercevais le grand viaduc du Point-du-Jour qui barrait le fleuve. C'était la fin de Paris, le commencement de la campagne, et la Seine soudain, derrière la double ligne des arches, s'élargissait comme si on lui eût rendu l'espace et la liberté, devenait tout à coup le beau fleuve paisible qui va couler à travers les plaines, au pied des collines boisées, au milieu des champs, au bord des forêts.

Après avoir passé entre deux îles, *L'Hirondelle* suivit un coteau tournant dont la verdure était pleine de maisons blanches. Une voix annonça : « Bas-Meudon », puis plus loin : « Sèvres », et, plus loin encore : « Saint-Cloud ».

Je descendis. Et je suivis à pas pressés, à travers la petite ville, la route qui gagne les bois. J'avais emporté une carte des environs de Paris pour ne point me perdre dans les chemins qui traversent en tous sens ces petites forêts où se promènent les Parisiens.

Dès que je fus à l'ombre, j'étudiai mon itinéraire qui me parut d'ailleurs d'une simplicité parfaite. J'allais tourner à droite, puis à gauche, puis encore à gauche et j'arriverais à Versailles à la nuit, pour dîner.

Et je me mis à marcher lentement, sous les feuilles nouvelles, buvant cet air savoureux que parfument les bourgeons et les sèves. J'allais à petits pas, oublieux des paperasses, du bureau, du chef, des collègues, des dossiers, et songeant à des choses heureuses qui ne pouvaient manquer de m'arriver, à tout l'inconnu voilé de l'avenir. J'étais traversé par mille souvenirs d'enfance que ces senteurs de campagne réveillaient en moi, et j'allais, tout imprégné du charme odorant, du charme vivant, du charme palpitant des bois attiédis par le grand soleil de juin.

Parfois, je m'asseyais pour regarder, le long d'un talus, toutes sortes de petites fleurs dont je savais les noms depuis longtemps. Je les reconnaissais toutes comme si elles eussent été justement celles mêmes vues autrefois au pays. Elles étaient jaunes, rouges, violettes, fines, mignonnes, montées sur de longues tiges ou collées contre terre. Des insectes de toutes couleurs et de toutes formes, trapus, allongés, extraordinaires de construction, des monstres effroyables et microscopiques, faisaient paisiblement des ascensions de brins d'herbe qui ployaient sous leur poids.

Puis je dormais quelques heures dans un fossé et je repartis reposé, fortifié par ce somme.

Devant moi, s'ouvrit une ravissante allée dont le feuillage un peu grêle laissait pleuvoir partout sur le sol des gouttes de soleil qui illuminaient des marguerites blanches. Elle s'allongeait interminablement, vide et calme. Seul, un gros frelon solitaire et bourdonnant la suivait, s'arrêtant parfois pour boire une fleur qui se penchait sous lui, et repartant presque aussitôt pour se reposer encore un peu plus loin. Son corps énorme semblait en velours brun rayé de jaune, porté par des ailes transparentes et démesurément petites.

Mais tout à coup j'aperçus au bout de l'allée deux personnes, un homme et une femme, qui venaient vers moi. Ennuyé d'être troublé dans ma promenade tranquille j'allais m'enfoncer dans les taillis quand il me sembla qu'on m'appelait. La femme en effet agitait son ombrelle, et l'homme, en manches de chemise, la redingote sur un bras, élevait l'autre en signe de détresse.

J'allai vers eux. Ils marchaient d'une allure pressée, très rouges tous deux, elle à petits pas rapides, lui à longues enjambées. On voyait sur leur visage de la mauvaise humeur et de la fatigue.

La femme aussitôt me demanda :

— Monsieur, pouvez-vous me dire où nous sommes ? mon imbécile de mari nous a perdus en prétendant connaître parfaitement ce pays.

Je répondis avec assurance :

— Madame, vous allez vers Saint-Cloud et vous tournez le dos à Versailles.

Elle reprit, avec un regard de pitié irritée pour son époux :

— Comment! nous tournons le dos à Versailles ? Mais c'est justement là que nous voulons dîner.

— Moi aussi, Madame, j'y vais.

Elle prononça plusieurs fois, en haussant les épaules : « Mon Dieu, mon Dieu, mon Dieu! » avec ce ton de souverain mépris qu'ont les femmes pour exprimer leur exaspération.

Elle était toute jeune, jolie, brune, avec une ombre de moustache sur les lèvres.

Quant à lui, il suait et s'essuyait le front. C'était assurément un ménage de petits bourgeois parisiens. L'homme semblait atterré, éreinté et désolé.

Il murmura :

— Mais, ma bonne amie... c'est toi...

Elle ne le laissa pas achever :

— C'est moi!... Ah! c'est moi maintenant. Est-ce moi qui ai voulu partir sans renseignements en prétendant que je me retrouverais toujours ? Est-ce moi qui ai voulu prendre à droite au haut de la côte, en affirmant que je reconnaissais le chemin ? Est-ce moi qui me suis chargée de Cachou...

Elle n'avait point achevé de parler, que son mari, comme s'il eût été pris de folie, poussa un cri perçant, un long cri de sauvage qui ne pourrait s'écrire en aucune langue, mais qui ressemblait à « tiiitiiit ».

La jeune femme ne parut ni s'étonner, ni s'émouvoir, et reprit :

— Non, vraiment, il y a des gens trop stupides, qui prétendent toujours tout savoir. Est-ce moi qui ai pris, l'année dernière, le train de Dieppe, au lieu de prendre celui du Havre, dis, est-ce moi ? Est-ce moi qui ai parié que M. Letourneur demeurait rue des Martyrs ?... Est-ce moi qui ne voulais pas croire que Céleste était une voleuse ?

Et elle continuait avec furie, avec une vélocité de langue surprenante, accumulant les accusations les plus diverses, les plus inattendues et les plus accablantes, fournies par toutes les situations intimes de l'existence commune, reprochant à son mari tous ses actes, toutes ses idées, toutes ses allures, toutes ses tentatives, tous ses efforts, sa vie depuis leur mariage jusqu'à l'heure présente.

Il essayait de l'arrêter, de la calmer et bégayait :

— Mais, ma chère amie... c'est inutile... devant monsieur... Nous nous donnons en spectacle... Cela n'intéresse pas monsieur...

Et il tournait des yeux lamentables vers les taillis, comme s'il eût voulu en sonder la profondeur mystérieuse et paisible, pour s'élancer dedans, fuir, se cacher à tous les regards; et, de temps en temps, il poussait un nouveau cri, un « tiiitiiit » prolongé, suraigu. Je pris cette habitude pour une maladie nerveuse.

La jeune femme, tout à coup, se tournant vers moi, et changeant de ton avec une très singulière rapidité, prononça :

— Si monsieur veut bien le permettre, nous ferons

route avec lui pour ne pas nous égarer de nouveau et nous exposer à coucher dans le bois.

Je m'inclinai; elle prit mon bras et elle se mit à parler de mille choses, d'elle, de sa vie, de sa famille, de son commerce. Ils étaient gantiers rue Saint-Lazare.

Son mari marchait à côté d'elle, jetant toujours des regards de fou dans l'épaisseur des arbres, et criant « tiiitiiit » de moment en moment.

A la fin, je lui demandai :

— Pourquoi criez-vous comme ça ?

Il répondit d'un air consterné, désespéré :

— C'est mon pauvre chien que j'ai perdu.

— Comment ? Vous avez perdu votre chien ?

— Oui. Il avait à peine un an. Il n'était jamais sorti de la boutique. J'ai voulu le prendre pour le promener dans les bois. Il n'avait jamais vu d'herbes ni de feuilles; et il est devenu comme fou. Il s'est mis à courir en aboyant et il a disparu dans la forêt. Il faut dire aussi qu'il avait eu très peur du chemin de fer; cela avait pu lui faire perdre le sens. J'ai eu beau l'appeler, il n'est pas revenu. Il va mourir de faim là-dedans.

La jeune femme, sans se tourner vers son mari, articula :

— Si tu lui avais laissé son attache, cela ne serait pas arrivé. Quand on est bête comme toi, on n'a pas de chien.

Il murmura timidement :

— Mais, ma chère amie, c'est toi...

Elle s'arrêta net; et, le regardant dans les yeux comme si elle allait les lui arracher, elle recommença à lui jeter au visage des reproches sans nombre.

Le soir tombait. Le voile de brume qui couvre la campagne au crépuscule se déployait lentement; et une poésie flottait, faite de cette sensation de fraîcheur particulière et charmante qui emplit les bois à l'approche de la nuit.

Tout à coup, le jeune homme s'arrêta, et se tâtant le corps fiévreusement :

— Oh! je crois que j'ai...

Elle le regardait :

— Eh bien, quoi!

— Je n'ai pas fait attention que j'avais ma redingote sur mon bras.

— Eh bien ?

— J'ai perdu mon portefeuille... mon argent est dedans.

Elle frémit de colère, et suffoqua d'indignation.

— Il ne manquait plus que cela. Que tu es stupide! Mais que tu es stupide! Est-ce possible d'avoir épousé un idiot pareil! Eh bien va le chercher, et fais en sorte de le retrouver. Moi je vais gagner Versailles avec monsieur. Je n'ai pas envie de coucher dans le bois.

Il répondit doucement :

— Oui, mon amie; où vous retrouverai-je ?

On m'avait recommandé un restaurant. Je l'indiquai.

Le mari se retourna, et courbé vers la terre que son œil anxieux parcourait, criant « tiiitiiit! » à tout moment, il s'éloigna.

Il fut longtemps à disparaître; l'ombre, plus épaisse, l'effaçait dans le lointain de l'allée. On ne distingua bientôt plus la silhouette de son corps; mais on entendit longtemps son « tiiit tiiit! tiiit tiiit! » lamentable, plus aigu à mesure que la nuit se faisait plus noire.

Moi, j'allais d'un pas vif, d'un pas heureux dans la douceur du crépuscule, avec cette petite femme inconnue qui s'appuyait sur mon bras.

Je cherchais des mots galants sans en trouver. Je demeurais muet, troublé, ravi.

Mais une grand'route soudain coupa notre allée. J'aperçus à droite, dans un vallon, toute une ville.

Qu'était donc ce pays ?

Un homme passait. Je l'interrogeai. Il répondit :

— Bougival.

Je demeurai interdit :

— Comment Bougival ? Vous êtes sûr ?

— Parbleu, j'en suis!

La petite femme riait comme une folle.

Je proposai de prendre une voiture pour gagner Versailles. Elle répondit :

— Ma foi non. C'est trop drôle, et j'ai trop faim. Je suis bien tranquille au fond; mon mari se retrouvera toujours bien, lui. C'est tout bénéfice pour moi d'en être soulagée pendant quelques heures.

Nous entrâmes donc dans un restaurant au bord de l'eau, et j'osai prendre un cabinet particulier.

Elle se grisa, ma foi, fort bien, chanta, but du champagne, fit toutes sortes de folies... et même la plus grande de toutes.

Ce fut mon premier adultère.

LA CONFESSION[1]

1. Ce conte a paru d'abord dans *Le Gaulois* du 21 octobre 1883, sous le titre *L'Aveu* et la signature de *Guy de Maupassant*. La présence dans les *Contes du Jour et de la Nuit* d'une autre nouvelle portant ce titre a contraint Maupassant à modifier l'intitulé de celle-ci.

Marguerite de Thérelles allait mourir. Bien qu'elle n'eût que cinquante et six ans, elle en paraissait au moins soixante et quinze. Elle haletait, plus pâle que ses draps, secouée de frissons épouvantables, la figure convulsée, l'œil hagard, comme si une chose horrible lui eût apparu.

Sa sœur aînée, Suzanne, plus âgée de six ans, à genoux près du lit, sanglotait. Une petite table approchée de la couche de l'agonisante portait, sur une serviette, deux bougies allumées, car on attendait le prêtre qui devait donner l'extrême-onction et la communion dernière.

L'appartement avait cet aspect sinistre qu'ont les chambres des mourants, cet air d'adieu désespéré. Des fioles traînaient sur les meubles, des linges traînaient dans les coins, repoussés d'un coup de pied ou de balai. Les sièges en désordre semblaient eux-mêmes effarés, comme s'ils avaient couru dans tous les sens. La redoutable mort était là, cachée, attendant.

L'histoire des deux sœurs était attendrissante. On la citait au loin; elle avait fait pleurer bien des yeux.

Suzanne, l'aînée, avait été aimée follement, jadis, d'un jeune homme qu'elle aimait aussi. Ils furent fiancés, et on n'attendait plus que le jour fixé pour le contrat, quand Henry de Sampierre était mort brusquement.

Le désespoir de la jeune fille fut affreux, et elle jura de ne se jamais marier. Elle tint parole. Elle prit des habits de veuve qu'elle ne quitta plus.

Alors sa sœur, sa petite sœur Marguerite, qui n'avait encore que douze ans, vint, un matin, se jeter dans les bras de l'aînée, et lui dit : « Grande sœur, je ne veux pas que tu sois malheureuse. Je ne veux pas que tu pleures toute ta vie. Je ne te quitterai jamais, jamais, jamais! Moi, non plus, je ne me marierai pas. Je resterai près de toi, toujours, toujours, toujours. »

Suzanne l'embrassa attendrie par ce dévouement d'enfant, et n'y crut pas.

Mais la petite aussi tint parole et, malgré les prières des parents, malgré les supplications de l'aînée, elle ne se maria jamais. Elle était jolie, fort jolie; elle refusa bien des jeunes gens qui semblaient l'aimer; elle ne quitta plus sa sœur.

*
* *

Elles vécurent ensemble tous les jours de leur existence, sans se séparer une seule fois. Elles allèrent côte à côte, inséparablement unies. Mais Marguerite sembla toujours triste, accablée, plus morne que l'aînée, comme si peut-être son sublime sacrifice l'eût brisée. Elle vieillit plus vite, prit des cheveux blancs dès l'âge de trente ans et, souvent souffrante, semblait atteinte d'un mal inconnu qui la rongeait.

Maintenant elle allait mourir la première.

Elle ne parlait plus depuis vingt-quatre heures. Elle avait dit seulement, aux premières lueurs de l'aurore :

— Allez chercher monsieur le curé, voici l'instant.

Et elle était demeurée ensuite sur le dos, secouée de spasmes, les lèvres agitées comme si des paroles terribles lui fussent montées du cœur, sans pouvoir sortir, le regard affolé d'épouvante, effroyable à voir.

Sa sœur, déchirée par la douleur, pleurait éperdument, le front sur le bord du lit et répétait :

— Margot, ma pauvre Margot, ma petite!

Elle l'avait toujours appelée : « ma petite », de même que la cadette l'avait toujours appelée : « grande sœur ».

On entendit des pas dans l'escalier. La porte s'ouvrit. Un enfant de chœur parut, suivi du vieux prêtre en surplis. Dès qu'elle l'aperçut, la mourante s'assit d'une secousse, ouvrit les lèvres, balbutia deux ou trois paroles, et se mit à gratter [son drap avec] [1] ses ongles comme si elle eût voulu y faire un trou.

L'abbé Simon s'approcha, lui prit la main, la baisa sur le front et, d'une voix douce :

— Dieu vous pardonne, mon enfant; ayez du courage, voici le moment venu, parlez.

Alors, Marguerite, grelottant de la tête aux pieds, secouant toute sa couche de ses mouvements nerveux, balbutia :

— Assieds-toi, grande sœur, écoute.

Le prêtre se baissa vers Suzanne, toujours abattue au pied du lit, la releva, la mit dans un fauteuil et, prenant dans chaque main la main d'une des deux sœurs, il prononça :

— Seigneur, mon Dieu! envoyez-leur la force, jetez sur elles votre miséricorde.

Et Marguerite se mit à parler. Les mots lui sortaient de la gorge un à un, rauques, scandés, comme exténués.

*
* *

— Pardon, pardon, grande sœur, pardonne-moi! Oh! si tu savais comme j'ai eu peur de ce moment-là, toute ma vie!...

Suzanne balbutia, dans ses larmes :

— Quoi te pardonner, petite ? Tu m'as tout donné, tout sacrifié; tu es un ange...

Mais Marguerite l'interrompit :

— Tais-toi, tais-toi! Laisse-moi dire... ne m'arrête pas... C'est affreux... laisse-moi dire tout... jusqu'au bout, sans bouger... Écoute... Tu te rappelles... tu te rappelles... Henry...

Suzanne tressaillit et regarda sa sœur. La cadette reprit :

— Il faut que tu entendes tout pour comprendre.

1. C'est le texte du *Gaulois*. L'édition originale et le texte d'Ollendorff donnent « gratter ses ongles », ce qui est absurde et semble résulter d'une omission; cf. p. 238 : « ... grattant toujours le drap de ses ongles crispés... »

J'avais douze ans, seulement douze ans, tu te le rappelles bien, n'est-ce pas ? Et j'étais gâtée, je faisais tout ce que je voulais!... Tu te rappelles bien comme on me gâtait ?... Écoute... La première fois qu'il est venu, il avait des bottes vernies; il est descendu de cheval devant le perron, et il s'est excusé sur son costume, mais il venait apporter une nouvelle à papa. Tu te le rappelles, n'est-ce pas ?... Ne dis rien... écoute. Quand je l'ai vu, j'ai été toute saisie, tant je l'ai trouvé beau, et je suis demeurée debout dans un coin du salon tout le temps qu'il a parlé. Les enfants sont singuliers... et terribles... Oh! oui... j'en ai rêvé!

« Il est revenu... plusieurs fois... je le regardais de tous mes yeux, de toute mon âme... J'étais grande pour mon âge... et bien plus rusée qu'on ne croyait. Il est revenu souvent... Je ne pensais qu'à lui. Je prononçais tout bas :

« — Henry... Henry de Sampierre!

« Puis on a dit qu'il allait t'épouser. Ce fut un chagrin... oh! grande sœur... un chagrin... un chagrin! J'ai pleuré trois nuits, sans dormir. Il revenait tous les jours, l'après-midi, après son déjeuner... tu te le rappelles, n'est-ce pas ? Ne dis rien... écoute. Tu lui faisais des gâteaux qu'il aimait beaucoup... avec de la farine, du beurre et du lait... Oh! je sais bien comment... J'en ferais encore s'il le fallait. Il les avalait d'une seule bouchée, et puis il buvait un verre de vin... et puis il disait : « C'est délicieux. » Tu te rappelles comme il disait ça ?

« J'étais jalouse, jalouse!... Le moment de ton mariage approchait. Il n'y avait plus que quinze jours. Je devenais folle. Je me disais : Il n'épousera pas Suzanne, non, je ne veux pas!... C'est moi qu'il épousera, quand je serai grande. Jamais je n'en trouverai un que j'aime autant... Mais un soir, dix jours avant ton contrat, tu t'es promenée avec lui devant le château, au clair de lune... et là-bas... sous le sapin, sous le grand sapin... il t'a embrassée... embrassée... dans ses deux bras..., si longtemps... Tu te le rappelles, n'est-ce pas ? C'était probablement la première fois... oui... Tu étais si pâle en rentrant au salon!

« Je vous ai vus; j'étais là, dans le massif. J'ai eu une rage! Si j'avais pu, je vous aurais tués!

« Je me suis dis : Il n'épousera pas Suzanne, jamais! Il n'épousera personne. Je serais trop malheureuse... Et tout d'un coup je me suis mise à le haïr affreusement.

« Alors, sais-tu ce que j'ai fait ?... écoute. J'avais vu le jardinier préparer des boulettes pour tuer les chiens errants. Il écrasait une bouteille avec une pierre et mettait le verre pilé dans une boulette de viande.

« J'ai pris chez maman une petite bouteille de pharmacien, je l'ai broyée avec un marteau, et j'ai caché le verre dans ma poche. C'était une poudre brillante... Le lendemain, comme tu venais de faire les petits gâteaux, je les ai fendus avec un couteau et j'ai mis le verre dedans... Il en a mangé trois... moi aussi, j'en ai mangé un... J'ai jeté les six autres dans l'étang... les deux cygnes sont morts trois jours après... Tu te le rappelles ?... Oh! ne dis rien... écoute, écoute... Moi seule, je ne suis pas morte... mais j'ai toujours été malade... écoute... Il est mort... tu sais bien... écoute... ce n'est rien cela... C'est après, plus tard... toujours... le plus terrible... écoute...

« Ma vie, toute ma vie... quelle torture! Je me suis dit : Je ne quitterai plus ma sœur. Et je lui dirai tout, au moment de mourir... Voilà. Et depuis, j'ai toujours pensé à ce moment-là, à ce moment-là où je te dirais tout... Le voici venu... C'est terrible... Oh!... grande sœur!

« J'ai toujours pensé, matin et soir, le jour, la nuit : Il faudra que je lui dise cela, une fois... J'attendais. . Quel supplice!... C'est fait... Ne dis rien... Maintenant, j'ai peur... j'ai peur... oh! j'ai peur! Si j'allais le revoir, tout à l'heure, quand je serai morte... Le revoir... y songes-tu ?... La première!... Je n'oserai pas... Il le faut... Je vais mourir... Je veux que tu me pardonnes. Je le veux... Je ne peux pas m'en aller sans cela devant lui. Oh! dites-lui de me pardonner, monsieur le curé, dites-lui..., je vous en prie. Je ne peux mourir sans ça...

Elle se tut, et demeura haletante, grattant toujours le drap de ses ongles crispés...

Suzanne avait caché sa figure dans ses mains et ne bougeait plus. Elle pensait à lui qu'elle aurait pu aimer si longtemps! Quelle bonne vie ils auraient eue! Elle le revoyait, dans l'autrefois disparu, dans le vieux passé à jamais éteint. Morts chéris! comme ils vous déchirent le cœur! Oh! ce baiser, son seul baiser! Elle l'avait gardé dans l'âme. Et puis plus rien, plus rien dans toute son existence!...

Le prêtre tout à coup se dressa et, d'une voix forte, vibrante, il cria :

— Mademoiselle Suzanne, votre sœur va mourir!

Alors Suzanne ouvrant ses mains, montra sa figure trempée de larmes, et, se précipitant sur sa sœur, elle la baisa de toute sa force en balbutiant :

— Je te pardonne, je te pardonne, petite...

ARCHIVES DE L'ŒUVRE

Nous indiquons dans une note, à laquelle renvoie chaque intitulé de conte, la date où chacun de ces contes fut publié dans la presse, et le quotidien dans lequel il parut. *Le Gaulois* en a reçu quinze, et *le Gil Blas* huit; ces chiffres n'ont pas de quoi surprendre, bien que la Table du présent volume indique seulement vingt et une nouvelles : c'est que *Histoire vraie*, offerte d'abord aux lecteurs du *Gaulois*, passa deux ans et demi plus tard dans les colonnes du *Gil Blas*, sous le titre différent de *Mirza* (nom de la chienne de M. de Varnetot, dont la fidélité évoque celle de la servante Rose); pareillement *Un parricide*, publié dans *le Gaulois*, fut repris par le *Gil Blas* sous le titre de *L'Assassin*, avec à la fin cette variante : « Elle passera bientôt. *Que fera-t-on de ce parricide ?* » Ce sont donc bien vingt-trois textes publiés dans la presse qui ont donné les vingt et un récits du volume. Cette publication s'étend entre les dates limites du 14 avril 1882 *(La Roche aux Guillemots*, dans *Le Gaulois)* et du 20 janvier 1885 *(Mirza*, dans *Le Gil Blas)*. La réunion de ces récits en volume fut confiée par Maupassant à l'éditeur C. Marpon, auquel s'était associé le libraire E. Flammarion. L'édition est en préparation dès la fin de l'été 1884 : à ce moment tous les contes sans exception ont paru dans les journaux, y compris *Histoire vraie* et *Un parricide*. Dans une lettre datée d'Étretat, 6 octobre 1884, Maupassant écrit à Victor Havard : « Hâtez-vous le plus possible, car Marpon prépare son volume illustré à 5 F, et il faut que nous paraissions avant lui. » De fait, l'écrivain avait confié à Havard la publication du recueil *Yvette*, qui parut au début de novembre 1884 — le compte rendu de Paul Ginisty dans le *Gil Blas* est du 11 novembre —, gagnant de vitesse Marpon et Flammarion, dont les *Contes du Jour et de la Nuit* paraissent aux premiers jours de mars 1885. C'est un ouvrage de 356 pages, dont nous reproduisons ci-après la page de titre :

Guy de MAUPASSANT / Contes / du / Jour et de la Nuit / Illustrations de P. Cousturier / Paris / C. Marpon et E. Flammarion / Editeurs / 26, rue Racine, près l'Odéon / Tous droits réservés.

Maupassant comptait de nombreux amis dans la critique journalistique parisienne : Maizeroy, du *Gaulois*, Th. de Banville, du *Gil Blas*, Janus, du *Figaro* (pseudonyme de R. de Bonnières), Yung, de la *Revue Bleue*. Il en attendait des comptes rendus louangeurs : sa déception dut égaler la nôtre car une recherche systématique dans les principaux journaux et dans les revues les plus représentatives de l'époque ne nous permit de retrouver trace de la publication d'une critique que dans *Le Gil Blas* du jeudi 26 mars 1885 sous la signature de Paul Ginisty, et dans *L'Écho de Paris*, d'Aurélien Scholl, où parut le 14 avril un écho d'Emile Goudeau. A notre grande surprise, la rubrique *A travers les livres* du *Gaulois*, paraissant, d'ailleurs irrégulièrement, soit le lundi, soit le mardi, est muette, entre le 1er mars et le 30 juin, sur l'ouvrage de Maupassant; nous n'avons pas poussé plus loin nos investigations, l'une de ces chroniques ayant rendu compte en juin d'un autre ouvrage paru chez Marpon et Flammarion après les *Contes du jour*. Rien dans *Le Figaro*, rien dans *La Revue Bleue*. Quant aux deux rubriques que nous venons de mentionner, elles présentent comme caractéristique commune d'être atrocement écrites, et (sauf le détail de *La Main* auquel la première des deux fait allusion) d'avoir été rédigées en dehors de toute lecture des Contes. Qu'on en juge :

« L'Amour! Ce n'est pas toujours dans sa sincérité divine qu'il apparaît, dans ces contes troublants de Guy de Maupassant, qui saisissent volontiers dans leurs côtés cruels les réalités de la vie, prouvant qu'en général les hommes ne valent pas beaucoup, ni les femmes, et qu'une furieuse brutalité domine dans ce qui est censé être l'amour de deux âmes.

« Il ne s'agit pas seulement de ces paysans, dont Maupassant a rendu les âpres convoitises avec une vérité plus puissante qu'aucun de ceux qui les ont étudiés dans l'intimité de leur existence violente; il s'agit aussi des passions d'un milieu plus raffiné, éperdument déchaînées, sous d'hypocrites apparences mondaines. C'est cette sauvagerie indestructible qui reste en l'homme qu'il sait surtout mettre à nu dans de courts tableaux d'une singulière intensité qu'il évoque devant nous, et où son art consiste précisément à se garder de toute intervention directe.

« Une des impressions que Maupassant donne avec le plus de force, c'est aussi celle de la terreur. A ce point de vue, je ne sais guère rien — si ce n'est une autre nouvelle d'un de ses derniers volumes, *La Peur* [1] — d'aussi étrangement captivant que le récit intitulé *La Main*, l'histoire de cet Anglais étranglé, oui, étranglé, par une main coupée, tranchée d'un coup de hache, qui pend, desséchée, et rivée par une chaîne de fer au-dessous d'une panoplie. Est-ce du surnaturel ? Non! le surnaturel n'effraye plus personne; c'est de l'inexplicable. Cela donne froid, et j'imagine pourtant que c'est là que les femmes, surtout, courront tout d'abord en ouvrant ce livre, par cet avide et insatiable besoin d'épouvante qui hante leur âme souvent, et, suivant un mot profond, le[2] torture comme une faim. »

Paul GINISTY.

1. Dans les *Contes de la Bécasse*.
2. *Sic*. La correction *les* s'impose de toute évidence : car ce *mot profond* est de Maupassant lui-même, et se lit dans... *La Main*, justement!

« Je ne ferai pas à Maupassant l'injure grave de dire qu'il a du talent. Cette observation exacte, d'un pessimiste qui sait sourire, ce style si franc et si clair méritent mieux que cette banalité : *il a du talent*, avec laquelle ceux qui se croient « géniaux » tentent d'accabler les autres.

« Il faut voir la façon dont certains prononcent ce fatal *il a du talent !* et comme cet éloge prend en leur bouche une allure de fine ironie. Autant vaudrait dire : *peinture de genre.*

« Maupassant a déjà cent fois répondu; car à travers cent contes épars, on sent le lien caché d'une synthèse philosophique, et une manière neuve d'apprécier la vie. La lecture de ses livres doit plaire aux femmes par le relief, et aux penseurs par la psychologie. C'est plus que du talent. »

Emile GOUDEAU.

*
* *

Ce ne sont donc pas les jugements des contemporains qui sont susceptibles d'alimenter le dossier des *Archives de l'œuvre*. L'opinion de la postérité demeurera également muette, ce qui n'a rien pour surprendre, la critique s'efforçant de dégager les tendances générales d'une œuvre, lorsqu'elle se présente de manière aussi fragmentée que les Contes de Maupassant, et ne s'attachant pas à un recueil plutôt qu'à un autre.

En revanche, certains des contes que nous présentons aujourd'hui peuvent offrir un intérêt, soit parce que leur genèse pose quelques problèmes, que n'ont pas, à notre connaissance, abordés les critiques antérieurs, soit en raison du retentissement qu'ils ont eu, de l'influence qu'ils ont exercée sur des écrivains ultérieurs, soit enfin parce qu'ils auraient inspiré un réalisateur de film. A la première catégorie appartient *Le Bonheur*, à la seconde *Histoire vraie* et *Le Vieux;*

c'est encore *Histoire vraie* (et *Histoire vraie* seulement) qui a été portée à l'écran.

***

On a plusieurs fois remarqué que des nouvelles de Maupassant sont parfois insérées telles quelles, ou avec quelques légères modifications, dans certains de ses romans — à moins (la chronologie seule pouvant nous renseigner) que le contraire se produise, c'est-à-dire que Maupassant détache certains épisodes de tel ou tel de ses romans, pour les débiter ensuite comme nouvelles. Parfois même (j'en ai fait l'observation dans mon Introduction), il arrive que le thème d'une nouvelle se retrouve dans une nouvelle plus vaste, ayant dimension de court roman : je crois l'avoir montré à propos du *Petit* qui offre avec *Monsieur Parent* une indéniable ressemblance thématique. Je ne crois pas que l'on se soit avisé qu'une fois, le texte à peu près intégral d'une nouvelle a été repris dans un récit de voyages, et que Maupassant s'est risqué à lui donner une suite. C'est pourtant ce qui s'est passé avec *Le Bonheur*, dont le récit reparaît dans *Sur l'eau.* Cette circonstance pose d'ailleurs un certain nombre de problèmes en ce qui concerne le plus ou moins de véracité que contient une « chose vue », et, s'il s'agit vraiment d'un fait réel et observé, sur la date et le lieu de l'événement rapporté. *Sur l'eau*, publié en 1888, contient une brève postface, où on lit notamment :

« Ayant fait, au printemps dernier, une petite croisière sur les côtes de la Méditerranée, je me suis amusé à écrire chaque jour ce que j'ai vu et ce que j'ai pensé. »

Le chapitre contenant l'histoire du couple, déjà contée dans *Le Bonheur*, est daté Saint-Tropez, 13 avril (1887, je présume : *au printemps dernier*). Ce n'est pourtant pas Maupassant qui découvrit ce couple, moderne version de *Philémon et Baucis*, mais un ami, dont la rencontre avec l'homme et la femme remonte à une date qui n'est pas précisée, mais qui avait rapporté le fait à Maupassant en 1886, et lui avait la même année fait connaître les deux amants : cela est dit explicitement, et à deux reprises, dans le texte (« Or, *l'an dernier,* l'ami me fit voir deux êtres » — *Sur l'eau,* Marpon et Flammarion, p. 207 ; « Et j'avais été voir à mon tour, *l'année précédente...* » — *ibidem,* p. 211). Bien que Maupassant ne soit pas toujours précis en matière de dates, et en admettant même qu'il se soit trompé d'une année, la croisière à laquelle se réfère sa postface ne peut être reculée au-delà du printemps 1886, puisque le romancier l'a effectuée sur son yacht, baptisé *Le Bel Ami,* en hommage à son ouvrage homonyme, publié en mai 1885. C'est dire que la première rencontre avec le couple d'amants exemplaires, consécutive aux confidences de l'ami, a eu lieu *au plus tôt* au printemps 1885. Or, avant d'être joint aux *Contes du Jour et de la Nuit, Le Bonheur,* qui relate une aventure similaire, avait été publié dans *Le Gaulois* du 16 mars 1884. Si les deux récits ont une origine factuelle, et ne sont pas éclos de l'imagination du conteur, devenu voyageur, cette origine est commune, car on imagine mal deux récits plus semblables, et plus semblablement rendus. Que Maupassant ait personnellement fait la connaissance du couple dès l'origine, ou que l'ami ait servi d'intermédiaire, un fait est sûr, c'est que dès le 16 mars 1884, Maupassant avait eu connaissance de l'attendrissante idylle, et donc qu'en dépit de l'apparente précision chronologique qui date les différentes phases du récit de *Sur l'eau,* on ne peut accorder aucun crédit aux allégations de l'auteur sur ce point.

L'entorse à la vérité étant acquise, on pourrait encore se demander, dès lors, si l'histoire n'a pas été entièrement inventée. Cette hypothèse ne peut être absolument rejetée, mais l'insistance avec laquelle Maupassant revient sur les événements, sans parler du fait qu'il les situe dans *Sur l'eau* parmi les *choses vues,* et qu'on comprendrait mal l'intérêt qu'il aurait trouvé à décorer un récit de voyage d'une histoire fictive déjà contée et déjà publiée, m'incline à penser que c'est bien d'un événement réel qu'il s'agit, mais d'un événement déplacé dans le temps. Une autre incertitude touche au lieu où ont été situés les faits : en Corse, si l'on en croit le texte du *Bonheur*, en Provence, plus précisément dans la *garrigue* qui cernait Saint-Tropez, à en juger par *Sur l'eau*. Ici encore deux hypothèses sont plausibles : ou bien c'est en effet en Corse que les amants sont partis abriter leur bonheur, et c'est là que Maupassant les a découverts (Maupassant... ou peut-être l'ami) — et si c'est Maupassant, ce fut pendant l'unique voyage qu'il fit en Corse en 1880, dans l'été qui suivit la mort de Gustave Flaubert — ; la rencontre en Provence résulterait d'une transposition, et l'auteur aurait toutefois éprouvé le besoin, en changeant de décor, de souligner discrètement la parenté des lieux où il a tour à tour situé le même événement ; en effet, dans *Sur l'eau*, le narrateur, parti pour revoir le couple, écrit : « Je me mis donc à monter seul, à pied et à pas lents. J'étais dans une forêt délicieuse, *un vrai maquis corse*, un bois de contes de fées fait de lianes fleuries, de plantes aromatiques aux odeurs puissantes et de grands arbres magnifiques » ; ... ou bien la rencontre eut lieu véritablement en Provence, c'est dans *Le Bonheur* que Maupassant transpose, en utilisant ses souvenirs d'un récent voyage en Corse, qui le marqua fortement ; et cette impression demeura en lui suffisamment vivace pour qu'en replaçant, dans *Sur l'eau*, les faits dans leur cadre véritable, il eût tout de même, avec cette notation du *vrai maquis corse*, tenté d'opérer une fusion entre les lieux.

C'est à cette dernière hypothèse que je m'arrête, car, dans *Sur l'eau*, Maupassant donne une suite, et une suite tragique, à sa nouvelle *Le Bonheur*, trop délicate et, disons le mot, *fleur bleue*, pour que l'horreur ne finisse pas, tôt ou tard, par surgir. Cette suite a dû se produire entre les deux séjours que Maupassant fit au même lieu. Or Maupassant n'est jamais revenu en Corse depuis 1880, alors que, ayant pu rencontrer le couple soit dès 1880, lors d'une halte en Provence, soit dans l'une des trois années qui suivirent, et qui le virent régulièrement sur la Côte d'Azur, où résidait sa mère, il a dû avoir connaissance de l'épilogue au cours d'un de ses voyages ultérieurs, voire au cours de sa croisière de 1886 ou 1887[1]. Un détail, à peine perceptible, laisse présager le pire dans le récit de *Sur l'eau*. « Je la contemplais, triste, surpris, émerveillé par la puissance de l'Amour! », écrit Maupassant dans *Le Bonheur*, phrase qui, dans *Sur l'eau*, devient : « J'avais contemplé[2], triste, surpris, émerveillé *et dégoûté*, cette fille, etc. » D'un texte à l'autre, le conteur douceâtre (Maupassant l'était quelquefois) a laissé la place au viveur blasé, fondamentalement polygame et papillonnant (pour emprunter ce terme à la terminologie fouriériste), gentiment écœuré par cette monogamie exemplaire de cinquante années et plus. A mesure que le promeneur approche de la demeure des deux vieux époux, le décor chaud et joyeux de Provence s'efface; mille détails accordés au drame qui s'est joué depuis peu, et dont le narrateur va avoir la brutale révélation, installent le lecteur dans une ambiance funèbre : « C'était par un jour gris, en octobre, au moment où l'on vient arracher l'écorce de ces arbres pour en faire des bouchons. On les dépouille ainsi depuis le pied jusqu'aux premières branches, et le tronc dénudé devient rouge, d'un rouge de sang comme un membre d'écorché[3]. Ils ont des formes bizarres, contournées, des allures d'êtres estropiés, épileptiques qui se tordent, et je me crus soudain jeté dans une forêt de suppliciés, dans une forêt sanglante de l'enfer où les hommes avaient des racines, où les corps déformés par les supplices ressemblaient à des arbres, où la vie coulait sans cesse, dans une souffrance sans fin, par ces plaies saignantes qui met-

1. Sauf si Maupassant a inventé sur le tard l'épilogue : rien ne s'opposerait dans ce cas à ce que la rencontre avec le couple se soit déroulée en Corse, et que Maupassant n'ait jamais revu les amants. Le tragique épilogue serait alors moins la transcription de la réalité que le signe d'une prédilection croissante du romancier pour le morbide et le malsain.

2. Ce plus-que-parfait se réfère à la première visite.

3. Encore et toujours le souvenir de *la main*.

taient en moi cette crispation et cette défaillance que produisent sur les nerveux la vue brusque du sang, LA RENCONTRE IMPRÉVUE D'UN HOMME ÉCRASÉ OU TOMBÉ D'UN TOIT. » Étrange et sanglante image, que la suite éclaire : parvenu à la ferme, et surpris de n'y plus voir que le vieux, tout à fait sourd, et donnant par signes des ordres à ses ouvriers [1], il questionne la servante et apprend par elle que l'amant idolâtré, vieux et infirme, avait depuis trente ans une maîtresse et qu'informée par les racontars d'un charretier qui avait parlé devant elle sans la connaître, l'épouse s'était réfugiée au haut de sa demeure, et précipitée par la fenêtre pour s'écraser dans le ravin.

Les choses se sont-elles ainsi passées dans la réalité (si réalité il y eut) ? On rencontre trop de défénestrations dans les nouvelles de Maupassant *(Le Modèle, Clochette)*, et son meilleur roman *Une vie* transpose trop visiblement cette obsession, avec cette course nocturne de Jeanne dans la neige vers l'à-pic de la falaise (sans parler de *Madame Baptiste* et du *Petit Soldat*, qui meurent tous deux en enjambant le parapet d'un pont) pour qu'on n'ose avancer l'hypothèse d'un dénouement quelque peu romancé. En dépit de tout, nous tenons là le meilleur Maupassant, qui sait graduer l'horreur, et tout à la fois la faire surgir dans le temps qu'on s'y attend le moins, lorsque la tragédie n'a encore été pressentie que par l'assombrissement d'un ciel ou l'apparition d'arbres suppliciés. Dans *La Morte*, à la faveur d'une apparition surnaturelle digne d'un Edgar Poe, l'amant voit s'inscrire sur la pierre tombale de l'éternellement pleurée, au lieu de l'épitaphe vantant son amour et ses vertus, la cause véritable de sa maladie et de sa mort : « Étant sortie un jour pour tromper son amant, elle eut froid sous la pluie et mourut. » Ici l'infidélité du vieux sourd apparaît dans les confidences banales d'une fille de ferme, convaincue de

1. Cette absurdité est dans le texte : un muet s'exprime par signes; et l'on fait des signes à un sourd; mais (sauf s'il est aussi muet — ce qui ne peut être le cas d'un ancien hussard —) un sourd peut parler normalement.

parler par l'appât de vingt sous. Pour n'avoir pas la sinistre splendeur de ce fantôme de la morte, traçant sa vérité en lettres de feu, le récit de la villageoise n'en atteint pas moins à l'horreur.

Il reste à se demander — mais cette question ne sera sans doute pas résolue — si cette suite aussi est réelle, le rôle de Maupassant s'étant borné à l'enregistrer, et, dans une certaine mesure, à la dramatiser, ou si, déjà sérieusement malade, assombri par ses souffrances et ses fantasmes, Maupassant était conduit par une pente naturelle à corriger une première vision trop rose, montrant cette fois une femme, qui avait renoncé à son nom, à sa fortune, à tous les attraits du monde, à tous les enchantements de la vie, heureuse d'avoir tout sacrifié à son bel amour, qui, comme la parure de Mme Forestier, n'était que verroterie sans valeur.

***

Si les *Contes du Jour et de la Nuit* semblent avoir laissé la critique indifférente, leur audience à l'étranger n'a pas été négligeable. On sait combien Maupassant a été lu et apprécié en Russie, longtemps avant la Révolution; et cette popularité n'a fait que grandir par la suite. René Dumesnil (dans *Etudes, chroniques et correspondance*, tome XV des *Œuvres complètes de Guy de Maupassant*, Librairie de France, 1938) signale que Gabriele D'Annunzio a repris dans un de ses récits l'épisode du conte *En mer* [1]; la projection récente d'un film tiré d'un autre roman du même écrivain *(L'Innocent)* a permis de se rendre compte que D'Annunzio s'est encore inspiré d'une nouvelle de Maupassant *(La Confession* [2]*)* pour montrer comment le personnage principal de son roman s'y prend pour faire périr un nouveau-né : comme le narrateur de *La Confession*, il ouvre grande la fenêtre de la chambre où dort le bébé, par une nuit de gel et de grand vent, et

1. Dans les *Contes de la Bécasse*.
2. Il s'agit ici de la nouvelle appartenant au recueil *Toine*, et non de celle qui porte ce titre dans le présent volume.

une pneumonie emporte l'enfant. J'ai récemment découvert non sans surprise dans un roman brésilien des années 1920 (*Os Condenados*, de Oswaldo de Andrade), et à trois pages d'intervalle, deux emprunts flagrants au même volume de Maupassant, *Mademoiselle Fifi :* l'image des balayeurs repoussant les ordures en demi-cercle avec des gestes saccadés, qu'on peut trouver à la fin de *Une aventure parisienne;* et la citation de quatre vers du poète Bouilhet, que Maupassant citait volontiers, et qu'il inclut dans sa nouvelle *Mots d'amour :*

Tu n'as jamais été dans tes jours les plus rares, etc.

Vers qui ne sont point si connus, et qu'on serait surpris de trouver en français dans un roman brésilien, si l'on ne savait que Oswaldo de Andrade, comme tous les romanciers du courant moderniste, va chez Flaubert, Goncourt, Maupassant et les naturalistes prendre des leçons de technique narrative et d'écriture. Comment s'étonner dès lors que Bertolt Brecht, que ses sympathies politiques poussaient naturellement vers Maupassant, l'écrivain si peu conformiste, et dont la culture a assimilé les auteurs les plus variés, du Rabelais de *Pantagruel* au Voltaire de *Zadig*, en passant par Cervantès et son Sancho Pança, ait fait, dans son *Cercle de craie caucasien*, tellement tributaire par ailleurs des auteurs que je viens de dire (et du *Quatre-vingt-treize* de Victor Hugo) des emprunts à deux nouvelles de Maupassant, toutes deux incluses dans *Les Contes du Jour et de la Nuit* précisément ? Et, détail plus curieux encore, qui exclut le hasard dans ces rapprochements, les deux emprunts figurent dans le même épisode de la pièce brechtienne (Tableau III).

Laurenti se charge de la transaction avec la paysanne. Or Bertolt Brecht lui fait prendre une précaution évoquant celle dont le fils Paumelle se prémunit contre une possible disparition de Rose, dans *Histoire vraie :* en aucun cas Groucha n'héritera de la ferme appartenant au « moribond »; la mère de celui-ci en sera seule héritière. De plus, la remarque cynique du mari prétendu : « J' croi ben : une ferme et un éfant! »;

se retrouve presque textuellement dans la bouche de la paysanne.

Mais le « moribond », n'en finit plus de mourir. Les invités, venus assister tant à la noce qu'aux derniers moments, commencent à dégarnir les plaques du four chargées de gâteaux mortuaires, au grand désespoir de la belle-mère, qui se voit contrainte, si son fils ne mourait pas le jour même, d'en cuire d'autres le lendemain. C'est aussi la réflexion de la mère Chicot, dans *Le Vieux*, lorsque, ayant fabriqué quatre douzaines de douillons pour le repas de funérailles, elle les offre aux « invités », qui ont trouvé vivant le vieillard; et lorsque, dans l'instant que les conviés font ripaille, le vieux se décide à mourir, la perspective de cuire quarante-huit nouveaux douillons arrache ces mots à la femme économe : « Faudra tout de même recuire quatre douzaines de boules! Si seulement il avait pu s'décider c'te nuit! »

Pour être fragmentaires, ces remarques révèlent que Maupassant a légué à la postérité non pas seulement des études de caractères, des « recettes » de style, l'art du trait et du raccourci, mais aussi des situations dramatiques originales, que les épigones de toutes nations ont reprises avec un inégal bonheur, sans pouvoir (ni peut-être vouloir) masquer leurs emprunts. Cet aspect du talent de notre nouvelliste apparaît plus clairement encore lorsqu'on songe à combien d'adaptations cinématographiques ont donné lieu ses contes et ses romans. Le présent recueil contient une nouvelle, *Histoire vraie*, que Claude Santelli a portée au petit écran, voici quelques années. Ce choix était heureux, mais non surprenant : Brecht n'y avait-il pas déjà puisé? Opposition de mœurs et de conditions, fidélité amoureuse presque animale d'une pauvre fille au maître qui l'a séduite, avec, en violent contraste, les calculs de la future belle-mère et de son fils, complaisant et ricaneur : tout cela devait tenter le réalisateur, scénariste, dialoguiste. Maupassant enfermait sa nouvelle dans une durée raisonnablement longue : entre l'arrivée de Rose au service de M. de Varnetot et la mort de la servante, soit deux années environ;

mais en cette période s'inscrit toute la destinée d'un cœur simple et fidèle. L'auteur du film devait être tenté de lui donner plus d'épaisseur qu'à la nouvelle. C'est ce qu'il a fait, en empruntant, m'a-t-il semblé, quelques détails à une autre nouvelle du recueil des *Contes du jour* paru chez Ollendorff, *Le Fermier*. La dramatique, dont la projection dure une heure et cinq minutes, atteint de la sorte la durée d'un moyen métrage.

Voici la fiche signalétique du film :

Réalisation : Claude SANTELLI.
Personnages : Rose (Marie-Christine BARRAULT), Hector de Varnetot (Pierre MONDY), La Mère Paumelle (Denise GENCE), Le Fils Paumelle (Claude BROSSET), L'oncle (Henri DELIVRY), Deboultot (Lucien HUBERT), Adélaïde (Isabelle HUPPERT), Félicité (Danielle SHINKY), La servante de l'Oncle (Sylvie HERBERT), Une servante (Catherine MORIN).

Adélaïde et les personnages qui suivent n'appartiennent pas à la nouvelle originale.

TABLE DES MATIÈRES

CONTES DU JOUR ET DE LA NUIT

GF Flammarion

01/10/89573-X-2001. - Impr. MAURY Eurolivres, 45300 Manchecourt.
N° d'édition FG029218.– 2ᵉ trimestre 1997. – Printed in France.